AF599501

Le lien qui nous unit

Cindy Vermelho

Le lien qui nous unit

Roman

ISBN : 979-10-422-1491-3

Imperceptible à l'œil nu, le fil est omniprésent, tournoyant
et résistant aux tempêtes qui menacent
de couper le lien qui nous unit depuis tout ce temps.

Remerciements

Je tenais à remercier Le Lys Bleu Éditions de m'avoir accompagnée dans ce merveilleux projet littéraire. Je remercie également ma petite sœur et première lectrice, Mathylde, ainsi que Coraline, Julie, Jayson, mes parents, et ma grand-mère Colette.

Ce roman voit le jour grâce à vos encouragements et à votre soutien.

Chapitre 1
C’est aujourd’hui que tout commence

Le 4 août 2021, à Amiens. 13 h 16

En cette belle journée du mois d’août, Amiens était une ville pleine de vie. La foule se faisait de plus en plus abondante. Les enfants comme les adultes se regroupaient, riaient aux éclats, dégustaient une glace, s’abreuvaient en terrasses tandis que les touristes admiraient toute la beauté des architectures de la ville. Ce n’était guère étonnant de voir autant de monde au centre-ville après un mois de grisaille et de pluie torrentielle.

Sandra, une jeune femme brune aux yeux noisette, profita de ce temps ensoleillé pour boire un verre au *Dés lancés* – le seul bar à jeux du coin –, accompagnée de son meilleur ami Milo, un grand châtain aux yeux bleus. Sandra et Milo s’étaient rencontrés lors de leur 3e année de licence à la faculté des arts. Depuis, ils ne s’étaient jamais quittés et se rendaient régulièrement au *Dès lancés* dès que l’occasion se présentait. Car, en plus de partager une passion commune pour l’art, ils adoraient jouer aux jeux de société ainsi qu’aux jeux de rôle.

— Aaaah, le soleil ! Mon amour de toujours ! s’exclama Sandra avec une immense joie, guettant le serveur qui servait deux bières brunes aux deux jeunes hommes installés à côté d’eux.

— Je n’aime pas trop la chaleur, avoua Milo, mais j’admets que le soleil me redonne le moral. Ces derniers jours étaient assez déprimants… Pluie, nuages gris, ciel gris, vent, tempête…

— Déprimant ? La pluie n'est rien comparée aux collégiens. Enseigner à ces petits monstres, ça, c'est déprimant !

— Tu exagères. Ils sont adorables, répondit Milo avec une pointe d'ironie.

Sandra le dévisagea puis soupira.

— Franchement, reprit-elle, comment tu fais pour continuer dans ce domaine ? Construire des séquences par rapport aux notions du programme, supporter la pression des inspecteurs, se procurer nous-même le matériel, se faire passer pour zézette en ramassant des cartons dans la rue ! Sache que je t'admire, cher ami. Je suis bien contente d'avoir quitté tout ça pour l'administration. Je me sens bien mieux depuis.

— Tu as oublié de mentionner qu'on devait faire le « gendarme » en classe, ajouta son meilleur ami d'un air amusé.

— Et ça te fait rire… Les générations futures iront de plus en plus mal… Les jeunes seront de moins en moins attentifs. Surtout avec les réseaux sociaux qui ne font que les abrutir. Tiens ! Ça me rappelle qu'avant de démissionner, j'ai accepté qu'une de mes élèves utilise son portable en cours pour son projet. Grossière erreur ! Il se trouve que cette demoiselle en a profité pour aller sur TikTok. J'ai eu le temps de prendre le téléphone pour voir ce qu'elle regardait. Tu veux savoir ce qu'elle regardait ?

— Je suis curieux de savoir.

— C'était des gens bourrés en train de chanter. C'est ridicule.

— Ahaha ! C'est vrai que c'est ridicule, mais que veux-tu ! On doit vivre avec tout ça maintenant. Enfin bref, nous sommes ici pour nous divertir, et non pour parler de mon formidable métier d'enseignant.

— Tu as raison, excuse-moi. Elle est où ta chérie ? À ce rythme-là, on va avoir commencé notre deuxième verre avant son arrivée.

— Candice ne va pas tarder. Elle vient de m'envoyer un message pour me prévenir qu'il y aura David, Cyril et Frederik, dit Milo en faisant signe au serveur d'approcher pour lui commander six verres de cidre doux.

— Qui sont David, Cyril et Frederik ?

— Des doctorants en informatique. Candice les a rencontrés lors d'une soirée « jeux de société » organisée par la déléguée de sa promo. D'après elle, ils viennent aussi ici, mais tous les jeudis soir.

— C'est super ! Je sens qu'on va bien s'amuser.

Cinq minutes plus tard, Candice arriva aux côtés de ses camarades. Ils se présentèrent rapidement avant de s'installer confortablement sur les fauteuils en osier, en face de Sandra. Joe, le responsable du bar, leur emboîta le pas et déposa les six verres de cidre sur la table. De premier abord, Joe – aussi surnommé le *dragon* en raison de ses nombreuses victoires – intimidait tant par sa carrure imposante que par sa longue barbe brune semblable à un membre des All Blacks. Mais en réalité, c'était un homme drôle, aimable et serviable. Un homme grandement apprécié par sa clientèle.

— Tu ne veux pas jouer avec nous ? lui demanda David. On compte tester les nouvelles extensions du *Munchkin*.

Le *Munchkin* était un jeu de société connu, où les joueurs devaient incarner des personnages de jeux de rôles. L'objectif étant de collecter des objets magiques et d'augmenter le niveau du personnage incarné le plus rapidement possible, et ce, en choisissant d'aider ou de trahir ses camarades au cours de la partie. Sandra appréciait particulièrement ce jeu au point de le réclamer à chaque fois qu'elle se rendait au *Dès lancés* avec Milo et ses amis.

— J'aimerai bien ! Mais j'ai pas mal de boulot, répondit Joe en lui faisant un clin d'œil. Je ne tiens pas à me faire disputer par le patron.

— Mais mec, tu es le patron !

— Le patron a beaucoup de travail. Une prochaine fois, c'est promis.

À ces mots, celui-ci regagna son bar et prépara des verres de mojito pour un groupe de jeunes installé sur la plus grande table de la terrasse. Habitués des lieux, ces derniers s'amusaient bruyamment au jeu du *Loup-Garou* version Harry Potter.

***

Au même moment, dans une petite pharmacie située près de la gare d'Amiens, Alexie préparait des piluliers pour une maison de retraite. *En voilà onze. Plus que six.* Elle vérifia une ordonnance, prépara les médicaments nécessaires, puis se mit à remplir le douzième pilulier de l'après-midi.

Pharmacienne depuis maintenant 5 ans, Alexie adorait sa profession et était particulièrement sensible au bien-être des patients. « Tu es beaucoup trop impliquée dans la vie des gens », lui répétait sans cesse Annie, sa responsable. Mais elle s'en moquait. Après tout, cette sensibilité faisait partie de sa personnalité. Une personnalité qui faisait d'elle une personne humaine, une personne appréciée par ses collègues de même que par l'ensemble de ses patients.

— Alexie ! On te demande.

— J'arrive, répondit-elle en s'approchant du comptoir pour accueillir une vieille dame âgée d'une soixantaine d'années. Alexie la reconnut immédiatement. Il s'agissait de Mme Petitbois qui se rendait à la pharmacie une fois par mois pour le traitement de son mari atteint d'épilepsie.

— Bonjour, Mme Petitbois, comment allez-vous ?

— Très bien merci. Je suis venue à pied aujourd'hui.

— Vous avez eu raison, il faut savoir profiter du beau temps.

Alexie lui tendit un sac contenant deux boîtes de *Trileptal*, de *Keppra* et d'*Epitomax,* soigneusement préparé à l'avance.

— Merci, ma p'tite fille, vous êtes bien gentille, dit la vieille dame qui réceptionna le sac de médicaments. Je vous dis à bientôt.

— À bientôt. Prenez soin de vous.

Avec bienveillance, Alexie regarda Mme Petitbois sortir de la pharmacie d'un pas lent, avant de retourner dans la réserve pour se faire un café serré. Elle alluma la machine à expresso, inséra la dosette, disposa sa tasse, appuya sur le bouton magique et but son café tout en naviguant sur Facebook à l'aide de son smartphone. C'est en scrutant ses actualités qu'elle tomba par hasard sur une publication de Sandra datant du 1er août.

Je remercie toutes les personnes qui ont souhaité mon anniversaire. Je vous fais de gros bisous !

À cet instant, Alexie prit conscience qu'elle avait oublié de souhaiter l'anniversaire de Sandra il y a trois jours. *Merde... Quelle idiote je fais !* Elle décida alors de lui envoyer un message d'excuse, espérant que cette dernière ne lui en veuille pas.

***

Brrrr Brrrr Brrrr !

Sandra sentit sa montre connectée vibrer sur son poignet alors qu'elle était en pleine partie de *Munchkin* avec ses amis. Elle jeta quand même un rapide coup d'œil sur l'écran, constatant qu'elle avait reçu un message de son amie Alexie. Bien qu'elles se connussent depuis près de huit ans, elles ne s'étaient pas revues depuis trois longues années. Cet éloignement a toujours suscité chez Sandra une profonde tristesse. Cette tristesse laissait maintenant place à la joie de constater qu'Alexie ne l'avait pas oubliée.

— *Je me demande ce qu'elle a pu m'envoyer. J'espère qu'elle va bien.* Pensa-t-elle.

— Sandra, c'est à toi de jouer ! s'exclama Milo.

— Oups, pardon. *J'aurais voulu avoir le temps de lire son message. Je suis trop impatiente de voir ce qu'elle m'a écrit.* Je décide de combattre ce boss avec l'aide de Candice. Je lui promets deux trésors sur trois. Alors ? Qu'en dis-tu ?

— J'accepte. C'est parti pour vaincre ce fameux nez flottant à l'aide de mon fusil à fission ! répondit Candice en imitant le geste d'une personne qui tirait avec une arme à feu.

— Merci Candice. C'est toujours un plaisir de collaborer avec toi ! s'exclama Sandra en se prêtant au jeu. *Vivement que la partie se termine pour que je puisse lire son message.*

***

— *Toujours pas de réponse,* constata Alexie qui regarda son téléphone une heure plus tard. C'est possible qu'elle ne me réponde même pas…

— Tu parles toute seule à voix haute maintenant ? C'est sûrement la vieillesse. Vingt-huit ans quand même ! Ce n'est pas rien !

— Alyssa ? Je ne t'ai même pas entendu entrer dans la réserve.

— C'est normal, tu avais la tête dans les nuages. Quelque chose te tracasse ? Tu veux m'en parler ?

Alyssa – préparatrice en pharmacie et pâtissière de son temps libre – était la collègue la plus proche d'Alexie. Elles avaient pour habitude de se confier l'une à l'autre lors de leur pause-café et de blablater le mercredi sur Annie – la responsable de la pharmacie – lorsque celle-ci était en repos. Aux yeux d'Alexie, Alyssa était une véritable amie sur qui elle pouvait compter et demander conseil lorsqu'elle en ressentait le besoin.

— Et bien… Je ne peux pas m'empêcher de culpabiliser pour deux choses. *Je n'ai pas seulement oublié son anniversaire… Je l'ai aussi abandonnée…*

Alyssa rapprocha deux chaises qui se trouvaient au fond de la pièce et proposa à Alexie de s'asseoir près d'elle quelques instants.

— Lâche ces médicaments et raconte-moi tout.

***

Il était 18 h 05 quand Sandra et ses amis quittèrent le *Dés lancés* après trois longues parties de *Munchkin* remportées par Cyril.

— La prochaine fois, on pourrait tester le *Codenames,* proposa Milo. Il est sympa ce jeu.

— Oh oui ! J'adore *Codenames* ! s'exclama Candice.

— Je vous battrai encore à plate couture, haha.

— Ne fais pas le malin Cyril, je te parie 2 bières que tu perdras la prochaine fois, dit Frederik.

— Pari tenu !

Tous les six remontèrent la rue de Metz puis s'arrêtèrent devant le Beffroi place au Fil. Sandra admira – pour la énième fois – la beauté de cet édifice constitué de pierres blanches surmontées d'un clocher en pierre édifié. Malheureusement, les plus belles architectures de la ville étaient ignorées par l'ensemble de ses habitants, qui, trop préoccupés par leur vie quotidienne, ne prêtaient guère attention à ce qui les entourait. *C'est triste*, pensa-t-elle.

— Sur ce, je vous laisse. On se tient au courant ! Chaoooo.

— Salut les garçons, à très bientôt.

Cyril, Frederik et David firent un dernier signe de la main avant de s'éloigner. Milo et Candice se rendirent au *Para'frit* Place Gambetta tandis que Sandra prit le chemin pour rentrer chez elle à pied. Elle aurait voulu accompagner ses amis, mais ce restaurant n'était pas prévu dans son budget ce mois-ci.

À mi-chemin, au cœur d'une allée d'arbres alignés de chaque côté, Sandra chercha son téléphone engouffré au fond de son sac à dos. Elle le prit en main, le déverrouilla, puis toucha l'icône sous forme d'enveloppe pour pouvoir accéder à ses messages.

— *Je peux enfin voir ce qu'elle m'a écrit,* pensa-t-elle.

Coucou ! J'espère que tu vas bien.

Je te souhaite un joyeux anniversaire (en retard, désolé…).

Je suis impardonnable. J'en profite aussi pour m'excuser de ne pas avoir répondu à ton dernier message.

Je te félicite pour ton nouveau travail. Je suis fière de toi.

Bisous.

Alexie

— *Comme si j'allais t'en vouloir pour si peu,* pensa Sandra qui s'empressa de répondre à son amie, le sourire aux lèvres.

***

Après s'être longuement confiée à Alyssa durant sa pause, Alexie rangea les rayons de la pharmacie en ordonnant les boîtes de médicaments par catégorie. Ce n'est qu'à la fin de la journée qu'elle put regarder ses messages, découvrant ainsi la réponse de Sandra.

Coucou Alex,
Merci beaucoup ! Et ne t'inquiète pas pour si peu, je ne t'en veux pas du tout.
Ça arrive à tout le monde d'oublier une date d'anniversaire ou d'oublier de répondre à un SMS.
Je sais que tu reçois et lis mes messages.
C'est le plus important. Gros bisous.

Sandra

— Je *ne m'éloignerai plus jamais de toi. Plus jamais,* se promit Alexie en son for intérieur.

C'est ainsi que (re)commença l'histoire entre ces deux jeunes femmes, liées par un destin commun aussi tragique que féerique.

Chapitre 2
Nos retrouvailles

Le 16 août 2021, à Amiens. 13 h 06

Durant deux semaines, Alexie et Sandra échangèrent par SMS jusqu'à ce qu'elles se donnent rendez-vous dans une petite boulangerie locale nommée « Chouchous et Chouchoutes ». Située près de la gare d'Amiens, la boulangerie accueillait principalement les touristes et les bureaucrates des entreprises alentour. La décoration vintage ainsi que l'amabilité du personnel avaient conquis le cœur de Sandra qui s'y rendait chaque semaine pour pouvoir déguster sa tarte aux légumes accompagnée d'une Pana Cotta en guise de dessert, tel un rituel hebdomadaire.

Les deux jeunes femmes s'étaient installées près de la baie vitrée, ayant ainsi une vue sur la terrasse extérieure richement décorée de guirlandes en papier coloré.

— Merci pour l'invitation. Ça me fait vraiment plaisir de te voir, dit Sandra en esquissant un large sourire, *Tu n'as pas changé… Tu es toujours aussi séduisante.*

De ses 1m68, Alexie avait un visage doux et harmonieux, inspirant naturellement la confiance des personnes qu'elle croisait. Ses courts cheveux bruns s'associaient parfaitement à la couleur de ses yeux marron, et son sourire était si séduisant qu'il pouvait faire fondre le cœur de n'importe quelle prétendante.

— Ce n'est pas grand-chose, voyons, répondit Alexie qui sourit à son tour. Je tenais à me faire pardonner pour avoir oublié ton anniversaire. *Elle a beaucoup changé. Elle est encore plus jolie qu'avant. Elle a l'air d'avoir beaucoup plus d'assurance aussi.*

— Arrête de t'excuser pour ça. Si je t'en voulais vraiment, j'aurais refusé ton invitation. *Pour rien au monde j'aurais refusé ton invitation.*

— Ce n'est pas faux. Je tenais aussi à… À m'excuser pour ne pas m'être manifestée avant… Ma copine est assez spéciale, avoua Alexie d'un ton amer.

— C'est ce que j'ai cru comprendre par message.

Il y eut un moment de silence. Sandra fixa son amie, décelant de l'égarement ainsi que de la tristesse dans son regard.

— Ça n'a pas l'air d'aller, s'inquiéta-t-elle.

— Tu arrives à lire en moi comme dans un livre ouvert, constata Alexie, savourant un morceau de sa quiche au chèvre.

— Toujours oui. Tu veux m'en parler ?

— C'est… Compliqué avec Pipper. Nous ne sommes plus sur la même longueur d'onde ces temps-ci. Elle fait passer sa boutique avant notre couple. Elle ne s'investit même plus dans notre projet maison… Je suis perdue.

— Je vois. *Je n'aime pas te savoir triste, Alex…* Tu sais, le meilleur moyen de régler ses problèmes de couple est la communication. C'est véridique. Tu as essayé d'en parler avec ta copine ? De lui exposer ton ressenti ? lui demanda Sandra tout en entamant sa Panna Cotta dotée d'un léger coulis de fraise.

— Je lui en ai parlé plusieurs fois, mais elle ne fait pas l'effort de comprendre. Elle le prend toujours mal et on finit par se disputer. Ça me fait mal, car je l'aime encore. *Enfin. Je ne sais plus trop…* J'aimerais qu'on avance dans nos projets. *Si c'est encore possible.*

— Votre couple avancera seulement si Pipper accepte de faire des efforts. Je ne sais pas quoi te conseiller d'autre, désolé…

— Ne t'inquiète pas, c'est déjà gentil d'avoir écouté mes petites misères.

— C'est normal, je suis là pour ça. Tu veux qu'on aille faire un tour en ville avant que tu ne reprennes le travail ?

Alexie acquiesça. Les deux amies se levèrent aussitôt, disposèrent les plateaux vides sur le comptoir, sortirent de la boulangerie, puis regagnèrent le centre-ville pour se promener. Elles en profitèrent pour parler de ce qu'elles avaient vécu durant ces 3 dernières années. Alexie raconta qu'elle se plaisait toujours dans sa pharmacie, qu'elle avait fait la rencontre de Pipper dans un bar lors d'une soirée bien arrosée, et qu'elle avait emménagé avec cette dernière à 30 km d'Amiens. Sandra, quant à elle, lui confessa qu'elle était célibataire, qu'elle avait poursuivi ses études pour être professeure d'arts plastiques avant de quitter l'enseignement – quelques mois après l'obtention de son diplôme – pour un poste d'assistante administrative au sein d'une bijouterie. Elle lui avoua également entreprendre des démarches d'ici deux ans pour avoir un bébé par insémination. Alexie, en écoutant ces paroles, ne put s'empêcher d'admirer Sandra. À ses yeux, elle était une femme forte et courageuse, n'hésitant pas à avancer seule ni à bousculer son quotidien pour atteindre ses objectifs de vie.

Après un long quart d'heure de marche, elles décidèrent de se rendre dans un square situé en face du palais de justice pour se poser. Malgré sa petite superficie, le square attirait les habitants en raison de son espace vert, de la présence d'un kiosque, d'une aire de jeu pour enfants et d'une majestueuse fontaine en pierre blanche. Alexie et Sandra s'installèrent sur le seul banc libre, face au soleil, dont les rayons provoquèrent une douce sensation de chaleur sur leur visage.

À proximité se trouvait un groupe de lycéens assis en forme de cercle sur la pelouse. Chacun d'eux chahutait, parlait et ricanait avec énergie. Sandra les regarda avec nostalgie, repensant à tous les souvenirs qu'elle avait pu partager avec son groupe d'amies d'antan.

— Des souvenirs qui refont surface ? lui demanda Alexie, l'arrachant de ses réminiscences.

— Comment le sais-tu ? Serait-il possible que tu sois télépathe ? répondit la jeune assistante administrative avec ironie.

— Tu as découvert mon secret !

Sandra et Alexie se regardèrent, puis se mirent à rire.

— Je peux te poser deux questions ?

— Deux ? C'est trop. Je plaisante. Bien sûr que tu peux.

— Pourquoi avoir repris contact avec moi ? Et pourquoi as-tu pris le risque de venir me voir aujourd'hui ?

Sandra posa ces questions avec sérieux, désireuse d'obtenir des réponses sincères. La pharmacienne réfléchit à la manière de formuler ses réponses – pour ne pas être maladroite – laissant le temps aux lycéens de s'éloigner du parc.

— À vrai dire… Enfin… En fait, je m'en veux énormément de t'avoir mise de côté, répondit-elle enfin, avec hésitation. J'ai l'impression d'avoir trahi ma promesse. J'aimerais me rattraper. Tu es une amie formidable et je ne veux plus te perdre.

— Tu as tenu ta promesse Alex. Tu répondais à mes messages lorsque tu le pouvais. J'aurais seulement voulu te voir de temps en temps.

— Je suis désolé…

— Tu ne me perdras jamais, tu sais, je tiens trop à toi pour ça. *Tu as toujours fait partie de ma vie. Ce n'est pas aujourd'hui que tu vas en sortir.*

— Tu es vraiment quelqu'un d'unique. *J'ai envie de l'enlacer.*

— Et toi, une personne exceptionnelle. *J'ai envie de la prendre dans mes bras.*

Leurs yeux brillaient, un sentiment étrange les envahissait. Un mélange de bien-être, d'apaisement, et d'amour. Était-ce de l'amour amical ? Affectif ? De complicité ? Elles ne préféraient pas y penser, profitant chacune du moment présent.

Les jeunes femmes n'osèrent plus se regarder dans les yeux. Le silence dominait l'instant présent, les laissant perdues dans leurs pensées. La pharmacienne finit par observer l'heure indiquée sur l'horloge du palais de justice. Il était 13 h 42. L'heure de retourner sur son lieu de travail. Elles quittèrent brusquement le square pour remonter la rue des 3 cailloux, la place René Gobelet, puis la rue de Noyon avant d'atteindre la Tour Perret implantée face à la gare.

— Malheureusement, je dois te quitter, déclara Alexie avec amertume. Ma collègue m'attend devant la tour pour qu'on puisse partir à la pharmacie ensemble.

— D'accord pas de soucis. Ça m'a fait plaisir de t'avoir vu aujourd'hui, répondit Sandra avec sincérité.

— Plaisir partagé. J'espère te revoir bientôt. *J'ai envie qu'on se revoie, qu'on discute, qu'on rigole de nouveau ensemble. Je me sens bien à tes côtés.*

— La semaine prochaine, ça te va ? *J'aimerais tellement qu'on se retrouve, qu'on passe plus de temps ensemble. Peut-être pas comme avant... Mais ça me manque. Tu me manques.*

— Bien sûr ! On se tient au courant par message. Bisous.

— Bisous et bon courage pour le travail.

Se revoir avait provoqué chez elles une sensation de joie et de complétude. Une sensation qu'elles n'avaient pas ressentie depuis des années. Dorénavant, elles ne pensaient plus qu'à une chose : se retrouver.

Les deux amies échangèrent un dernier regard avant de s'éloigner. Alexie partit rejoindre sa collègue tandis que Sandra traversa de nouveau le centre-ville, ses écouteurs aux oreilles, pour rentrer chez elle. Celle-ci marcha lentement pour avoir le temps d'écouter sa playlist habituelle : *Gurenge* et *Crossing Field* de LISA, *Silhouette* de Kana-Boon, *Velonica* d'Aqua Timez, *The Day* de Porno Graffitti, *Departure* de Masatoshi Ono, *Chala head Chala* d'Hironobu Kageyama. Arrivée sur la Place Gambetta, elle essaya de se frayer un chemin parmi la foule habituelle du mercredi après-midi. C'est alors qu'elle sentit une main se poser sur son épaule. Sandra ôta aussitôt ses écouteurs, se retourna et aperçut une vieille dame d'origine asiatique la regarder avec insistance sans dire un mot.

— Bonjour. Vous avez besoin de quelque chose ? lui demanda-t-elle.

La vieille dame ne répondit pas.

— Madame ? Vous allez bien ? insista alors Sandra, inquiète.

— Prenez soin du lien qui vous unit. Vos choix sont déterminants, répondit la vieille dame d'un air grave.

— Quoi ? Quel lien ? Qu'est-ce que vous voul…

— Saaaaandraaa ! s'écria au loin un jeune homme courant en leur direction.

L'interpellée leva la tête et reconnut immédiatement son ami Milo accompagné de sa petite sœur Salomé courant aussi vers elle. La vieille dame en profita pour se volatiliser sans que Sandra eût le temps de réagir.

— *Quoi ? Elle a disparu ?*

— Saaalut ! Ça va ? l'interrogea Milo, essoufflé. On dirait que tu as vu un fantôme.

— Tout va bien, merci. *Enfin... Je crois. Elle était vraiment étrange cette femme.* J'ai seulement été surprise de vous voir ici. D'ailleurs, ça fait longtemps que je ne t'ai pas vu ma p'tite Salomé. Comment vas-tu depuis le temps ?

— Moyennement bien. J'ai eu un partiel assez difficile ce matin.

— Je suis certaine que tu as géré, comme d'habitude.

— C'est gentil d'avoir autant confiance en moi. Même moi, je doute de mes compétences.

— Il ne faut pas ! Tu es intelligente et tu as un don pour les rédactions. C'est pas nouveau !

Salomé était en deuxième année de licence de lettres. Elle s'était toujours intéressée aux ouvrages depuis son plus jeune âge, portant un intérêt particulier aux plus grands classiques de la littérature française dont *Les Fleurs du Mal* de Charles Baudelaire, *L'Étranger* d'Albert Camus, *Les Misérables* de Victor Hugo et *Madame Bovary* de Gustave Flaubert. C'était une jeune fille à la fois passionnée, généreuse et sensible, faisant preuve d'une extrême gentillesse. Par ailleurs, ces qualités faisaient d'elle une personne appréciée par la plupart de ses camarades de promo.

— Tu n'as rien de prévu là ? Tu pourrais venir chez moi tester mon nouveau jeu ? proposa Milo en soulevant le sac qu'il maintenait de sa main droite. Je viens de l'acheter à Martelle. Reprit-il. C'est *The Skull* ! Un mélange de stratégie et de bluff.

— Toujours partante pour jouer, tu le sais bien ! Il y aura Candice ?

— Oui, c'est sa journée de repos. Je vais la prévenir. Comme ça, elle nous préparera un bon milk-shake !

Tandis que Milo appela sa petite amie via *Snapchat,* Sandra écrivit un message rapide à l'attention d'Alexie.

***

14 h 10. La pharmacie était bondée, ce qui n'étonna guère l'ensemble de l'équipe qui faisait des va-et-vient entre la réserve et le comptoir. *Maxilase* pour des maux de gorge, *Strepsil* pour un patient ayant un faible taux de vitamine C, du *Dulcolax* pour un cas de constipation, du *Tanganil* pour traiter des crises vertigineuses. Cet après-midi n'en finissait pas.

— Alex' ! Prends ta pause-café. Je te remplace.

— Tu es sûre ? Je peux tenir, tu sais.

— Va te faire un café et souffle 10 minutes, insista Alyssa.

Alexie remercia sa collègue et se précipita vers le fond de la réserve. Elle déplia une chaise, s'effondra sur celle-ci puis ferma les yeux un instant pour évacuer tout le stress cumulé. *Alyssa a dû remarquer que j'étais exténuée. J'ai une chance incroyable d'avoir une collègue aussi attentive,* pensa-t-elle. Après quelques minutes, elle rouvrit les yeux et consulta ses messages sur son téléphone. Elle découvrit le message de sa petite amie Pipper reçu à 14 h 02.

Tu feras les courses demain.

Comme d'habitude elle me demande de faire les courses le jeudi alors que c'est mon jour de repos. Alexie souffla et ne prit pas la peine de lui répondre. Elle remit son téléphone dans sa poche pour se préparer un double expresso qu'elle but d'un trait. Avant de retourner auprès des patients, elle jeta un dernier coup d'œil à ses messages dans l'espoir que s'affiche le prénom de Sandra. Ce fut le cas.

J'ai été ravie de te revoir. J'ai hâte d'être à mercredi prochain. Bon courage pour le travail. Je t'embrasse.

Une vague de bonheur parcourut tout son corps. Elle ne pensait plus qu'à revoir son amie, à revoir son visage, son regard, ses mimiques, son sourire. Elle ne pensait plus qu'à elle.

Chapitre 3
Une mystérieuse rencontre

Le lendemain matin, à Mouflers. 7 h 40

Alexie et sa petite amie Pipper déjeunaient sur la grande table en verre de leur salon. L'atmosphère était tendue. Elles ne se regardèrent pas et n'essayèrent pas d'entamer une conversation. Cela faisait déjà quelques mois que leur couple battait de l'aile. Elles en étaient toutes les deux conscientes, mais elles espéraient vainement que la flamme éteinte s'embraserait de nouveau.

Le couple s'était installé dans le petit village de Mouflers il y a un an, demeurant à l'intérieur d'une grande maison ornée de briques rouges anciennes. À ce jour, leur aménagement suscitait toujours l'intérêt et la curiosité des habitants qui n'avaient guère l'habitude d'accueillir de jeunes arrivants dans leur commune. Et encore moins un couple de femmes. Il arrivait parfois que les vieilles commères du village s'arrêtent devant leur jardin, désireuses d'apercevoir les lesbiennes ayant loué la maison de leur ancienne Mairesse décédée deux ans auparavant.

— Je pars à la boutique. Tu n'oublieras pas de faire les courses, lança soudainement Pipper sur un ton hautain, qui quitta la table pour aller chercher son sac de travail. Et ne m'attends pas pour manger, je risque de rentrer tard.

Âgée de 25 ans, Pipper était une femme au corps mince et au visage délicat. Ses longs cheveux noir corbeau faisaient naturellement ressortir sa peau blanche de même que ses yeux vert émeraude.

Passionnée par les pierres naturelles et les minéraux, cette dernière avait monté sa propre boutique de bijoux – à quelques kilomètres de leur domicile – avant de rencontrer Alexie.

— J'irai faire les courses en début d'après-midi. Bon courage, répondit simplement la jeune pharmacienne.

Pipper sortit de la maison en claquant la porte. Alexie n'y prêta pas attention. Elle but son café et mangea sa dernière biscotte au beurre avant de commencer les tâches ménagères. Ses journées de repos étaient devenues une véritable routine. Se lever, déjeuner, s'habiller, faire le ménage, laver le linge, manger, faire les courses, ranger les courses, faire sécher le linge, jouer à la console, préparer le repas, manger, se laver, dormir. Mais aujourd'hui était un jour assez spécial puisqu'elle avait prévu de rejoindre son amie Sandra sur Amiens.

— *Je suis trop impatiente de la revoir !* pensa-t-elle quand retentit la sonnerie de son téléphone.

Je veux juste une dernière danse
Avant l'ombre et l'indifférence
Un vertige puis le silence
Je veux juste une dernière danse.

« Ma chérie » s'afficha sur l'écran. Alexie souffla d'exaspération avant de décrocher et de mettre son téléphone sur haut-parleur. *Qu'est-ce qu'elle peut bien me vouloir encore... ? Elle vient juste de partir !*

— Allô ? J'ai un service à te demander, dit Pipper à l'autre bout du fil.

— Qu'est-ce que c'est ? *Elle abuse ! J'ai déjà les courses à faire.*

— Tu pourrais livrer un bijou chez une cliente pour moi cet après-midi après les courses ?

— Ton apprenti ne peut pas le faire ? *Faites qu'elle puisse, faites qu'elle puisse !*

— Non elle est malade. Si elle avait été là, je ne t'aurais pas appelé pour te le demander. J'ai promis à la cliente de lui apporter aujourd'hui sauf que j'ai pas mal de choses à ranger dans ma boutique. Alors ? Tu peux ?

— *Si je lui dis non, elle risque de se douter de quelque chose.* Bien sûr, pour quelle heure ?

— Quinze heures.

— D'accord. *C'est fichu. Je ne pourrai pas voir Sandra aujourd'hui...*

***

Où suis-je ? Alexie ? Qu'est-ce que je fais dans sa voiture ? Il fait nuit dehors.

— Alexie, tu roules trop vite.

— Alexie ?

Elle ne semble pas m'entendre... Ni me voir... Mais quelle est cette lumière blanche qui se rapproche ?

— Alex ? Fais attention ! Devant nous ! Aleeeex !

Sandra ouvrit les yeux et sortit de son sommeil en sueur. Elle se redressa brusquement puis s'assit au bord de son lit le temps de se ressaisir et de reprendre ses esprits. – *Mais quel cauchemar ! J'ai vraiment cru l'avoir perdu. Fichu subconscient.* Troublée, elle repensa à l'article écrit par un célèbre scientifique spécialisé dans le domaine du sommeil. Il précisait que certaines personnes n'arrivaient plus à distinguer le rêve de la réalité à leur réveil. C'était actuellement son cas.

— Il faut que je l'appelle après pour m'assurer qu'elle aille bien.

Un quart d'heure après avoir repris ses esprits, Sandra décida de se lever, d'ouvrir ses volets et de se faire un chocolat chaud qu'elle but devant sa fenêtre pour admirer le jardin des plantes sous les premiers rayons du soleil. Elle posa son regard sur les nombreux hortensias bleus qui embellissaient le jardin. Se souvint alors de ce que lui avait appris sa grand-mère quelques semaines avant son décès prématuré. « Tu sais ma chérie, la couleur bleue des hortensias n'est pas naturelle.

Pour les obtenir, elles ont besoin d'un sol acide alors que les hortensias roses ont besoin d'une terre ordinaire », répéta-t-elle à voix haute, comme pour donner vie aux paroles de sa défunte grand-mère. *Si tu voyais ces magnifiques hortensias Mamie.*

Toc toc toc ! toc ! toc toc !

Surprise par le bruit des coups donnés sur sa porte, la jeune assistante administrative sursauta et renversa quelques gouttes de chocolat chaud sur le sol.

— *Qui peut bien toquer à cette heure si matinale ?* se demanda-t-elle en nettoyant le sol d'un coup d'éponge avant de se diriger vers sa porte d'entrée. Dans l'œilleton apparaissait le visage déformé de son meilleur ami Milo. *Il est levé à cette heure-ci ? Incroyable.* Sandra lui ouvrit la porte.

— Salut Sandy' ! Comment vas-tu ?

— Bien et toi ? Il s'est passé quelque chose ? Ça m'inquiète de te voir ici à 8 h du mat'.

— Non non non, ne t'inquiète pas. Je voulais simp... Milo remarqua et observa d'un air moqueur le pyjama porté par Sandra, un pantalon et un haut rouge sur lesquels figuraient des têtes de licorne blanches.

— Très joli pyjama. Tu es tellement sexy avec. Grrrrrr ! dit-il en joignant le geste à la parole.

— Ha ! Ha ! Ha ! Très drôle. Dois-je te rappeler que c'est toi qui me l'as offert pour mon anniversaire ? Je te fais honneur en le portant.

— J'en suis heureux.

— Tu as fini de te moquer de moi ? Rentre avant que je ne te ferme la porte au nez !

Milo entra et s'assit autour de la table ovale disposée au milieu de la pièce.

— Alors ? Qu'est-ce que tu as de si important à me dire ? lui demanda Sandra qui s'installa en face de son meilleur ami. Ce n'est pas dans tes habitudes de te lever si tôt pendant les vacances.

— Tu n'as pas tort. À vrai dire, je dois t'informer de deux choses. La première est que je me suis fait réveiller à 7 h du matin par un livreur qui s'est trompé d'adresse.

— Pauvre chouquette.

— C'est mon expression.

— Permets-moi de te l'emprunter pour te plaindre.

— Tu pourrais avoir plus de compassion pour mon sommeil, vilaine.

— En parlant de sommeil, comment as-tu su que j'étais réveillée à cette heure-ci ?

— Tu étais en train de boire un chocolat devant ta fenêtre ouverte.

— Heu… Tu m'espionnes ?

— Je te rappelle que ta fenêtre se situe en face de la mienne, bébête !

En effet, Milo et Sandra habitaient au même étage de la même résidence – située à 500 m de leur ancienne école – depuis 2 ans. En dehors du fait qu'ils avaient pu étudier dans de meilleures conditions, cette proximité leur avait facilité les sorties et journées « jeux de société ».

— Bref. Et la deuxième chose que tu dois me dire ? C'est quoi ? s'impatienta Sandra qui regardait son ami d'un air interrogateur.

— Le musée de Picardie va accueillir certains tableaux des plus grands artistes du 20e siècle. Ils parlent de Kandinsky, Paul Klee, Georges Mathieu, Hans Hartung, Picasso, Niki de Saint Phalle, Salvador Dalì et j'en passe. Ça va être l'une des plus grandes expositions qu'ils n'aient jamais organisées.

— Sérieusement ? s'écria la jeune femme sans se soucier de ses voisins.

— Oui ! C'est une opportunité qui ne se représentera pas. Il faut y aller !

— Bien sûr qu'on va y aller ! Elle a lieu quand l'exposition ?

— Du 02 au 09 octobre. C'est marqué sur la page FB du Musée. Sur ce, je vais aller rejoindre Candice. Je ne voudrais pas qu'elle pense que je la trompe avec ma meilleure amie Lesboob.

— Elle n'a pas à s'inquiéter pour ça, haha. T'es sûr que tu ne veux pas de café avant de partir ?

— Non merci. J'en ai bu un avant de venir ici.

Milo n'abusa pas de son hospitalité et repartit aussitôt après lui avoir annoncé la nouvelle.

Sandra profita alors de sa matinée pour commencer le roman *Elle et lui* de Marc Lévy. Une vingtaine de minutes plus tard, lorsqu'elle eut terminé le premier chapitre du livre, la sonnerie de son portable retentit dans toute la pièce. Cette dernière chercha son appareil qu'elle finit par trouver sur son étagère.

— Oui allô ?

— Coucou, c'est Alex. J'ai une mauvaise nouvelle à t'annoncer…

— Laisse-moi deviner, tu ne peux pas venir sur Amiens aujourd'hui ?

— Je suis désolé… Malheureusement, je dois faire une livraison pour Pipper et ça tombe en plein après-midi. Je suis vraiment désolé…

— Ne t'inquiète pas, je peux comprendre. *C'était trop beau pour être vrai.*

— Je me rattraperai, c'est promis.

— Allez, ne t'en fais pas pour si peu. On aura sûrement une autre occasion de se voir.

— Oui…

— Bonne journée et bon courage Alex. Je t'embrasse fort.

— Je t'embrasse aussi.

Sandra – à la fois déçue et attristée – raccrocha. Depuis qu'elle avait repris contact avec Alexie, elle ressentait le besoin de la voir régulièrement. Serait-ce pour rattraper ces trois années perdues ? Ces trois années passées à souffrir de son absence ? Elle essayait tant bien que mal de rejeter les sentiments qu'elle éprouvait pour son amie… Mais elle devait maintenant se l'avouer. Elle l'aimait toujours et l'avait toujours aimée.

***

14 h 30. Alexie arriva dans la boutique tenue par la femme qui partageait sa vie depuis trois ans. Bien qu'elle ne soit pas de grande renommée, la petite bijouterie artisanale était spacieuse, ordonnée, lumineuse. Et les bijoux élégamment disposés à l'intérieur des douze vitrines.

— Tiens, c'est ce que tu dois livrer à Mme Laurell.

— D'accord. C'est quelle adresse ? demanda Alexie en s'emparant du paquet tendu par Pipper.

— Je te l'envoie par message.

— OK.

— À ce soir.

— Oui à ce soir, bon courage.

Alexie prit la route à contrecœur pour livrer cette fameuse cliente, qui plus est, habitait à 50 km de la boutique. Elle arriva une heure plus tard à l'adresse indiquée devant une petite maison en pierre blanche légèrement éloignée des habitations alentour. *Bien, je donne le colis et je rentre.* Alexie sortit de sa voiture, se dirigea vers la maison avec le colis en main, passa la barrière en bois puis traversa le jardin – garni de parterres d'orchidées et d'hortensias – avant d'atteindre la porte d'entrée. Elle frappa une fois… Deux fois… *Personne ?* Une troisième fois quand la porte s'entrouvrit enfin. Alexie fut surprise de découvrir le visage d'une octogénaire asiatique qui la regarda fixement dans les yeux.

— Bonjour Madame, je viens de la part de Pipper. Je suis chargée de vous remettre le collier que vous lui avez commandé.

— Bien bien, répondit la vieille dame. Entrez, je vous prie.

— C'est que je n'ai pas le tem…

— On a toujours le temps jeune fille. Cela ne prendra que cinq minutes, insista-t-elle.

Ne souhaitant pas vexer son aînée, Alexie s'exécuta. Elle la suivit jusque dans le salon richement décoré de plantes artificielles, de tableaux minimalistes, d'un canapé d'angle en cuir noir, d'une table basse ainsi que d'un buffet blanc laqué sur lequel reposait la photographie d'un jeune couple. La jeune femme fut frappée par la décoration moderne du lieu, qui, d'ordinaire, n'était pas aux goûts des personnes âgées.

— *Je m'attendais à une vieille déco ou encore une déco en lien avec ses origines*, songea-t-elle. *Après tout, pourquoi pas. Il n'y a pas d'âge pour moderniser sa maison.*

— Posez ce bijou sur la table et venez vous asseoir près de moi, dit l'octogénaire en fouillant la poche de sa veste en laine. J'aimerais vous confier quelque chose d'important.

Alexie disposa alors le sac sur la table basse et s'installa confortablement à côté de la vieille dame qui sortit de sa poche un long cordon rouge minutieusement tressé.

— Tenez. Donnez-le à la personne que vous chérissez et respectez le plus au monde. Cette même personne à qui vous confieriez votre propre vie. Ne réfléchissez pas. Écoutez simplement votre cœur.

Alexie – ne sachant pas quoi répondre sur le moment – se contenta de prendre le cordon rouge tendu par son aînée. Elle ne saurait expliquer pourquoi le visage de Sandra apparut soudainement dans son esprit. Ses yeux, ses lèvres, sa peau, son sourire se dessinèrent et provoquèrent en elle une sensation de chaleur. *C'est comme si je sentais sa présence… Comme si elle était en notre présence…*

— Vous ne soupçonniez pas que cette personne était votre âme sœur ? Rassurez-vous, elle non plus. Un jour, vous prendrez conscience de l'amour que vous vous portez. Un jour, vous prendrez conscience du lien qui vous unit.

— Pourquoi me le confier ? l'interrogea Alexie. N'avez-vous pas d'enfants ou de petits-enfants ? Ils seront pl…

— Ce lien, cher enfant, je ne le vois qu'en vous deux.

— Comment ça ? À qui d'autre faites-vous allusion, Madame ?

— Vous le découvrirez bien assez tôt.

La jeune pharmacienne s'attendait à une réponse claire, jurant que l'octogénaire savait lire dans ses pensées. Ces paroles et allusions ne pouvaient pas être le fruit du hasard. Et pourtant, son côté rationnel lui souffla le contraire.

— Mais Mada –

— Vous m'avez accordé plus de temps que prévu. Je ne vais pas vous déranger plus longtemps.

Alexie n'insista pas. Elle se leva, remercia la vieille dame pour son hospitalité, lui promit d'écouter son cœur et de prendre soin du cordon tressé avant de sortir de la maison. À peine eut-elle regagné sa voiture qu'elle appela Pipper sur son téléphone.

— Allô ?

— Oui c'est moi. Je viens de livrer ta cliente. Tu aurais dû me prévenir qu'il s'agissait d'une petite mamie.

— Comment ça ? lui demanda Pipper à l'autre bout du fil. Ma cliente est censée être une blonde de la trentaine.

— Ah ? Je suis sûrement tombée sur sa mamie, lui répondit Alexie.

— Oui sûrement. Je te laisse, j'ai du boulot, lança Pipper avant de raccrocher.

Alexie ne fut pas surprise par la réaction de sa petite amie qui n'avait ni patience ni reconnaissance. Elle n'en avait jamais eu. *Sandra me respecterait elle...* À ses pensées, Alexie ne put s'empêcher de regarder le cordon rouge disposé sur son tableau de bord. De nouveau, le visage de Sandra apparut dans son esprit. *Je ne pense qu'à toi depuis ces dernières semaines... Et toi ? Penses-tu à moi en ce moment même ?*

Chapitre 4
Une ancienne connaissance

À Amiens, 15 h 02

— Ça t'a pris sur un coup de tête de vouloir me payer un café chez *Chouchous et Chouchoutes* ? Tu ne travailles pas ?

— C'est mon jour de repos. J'avais quelque chose de prévu avec une amie cet après-midi, mais elle a décommandé au dernier moment… Je ne voulais pas rester seule, avoua Sandra.

— Donc je suis ta roue de secours ? Ta bouée de sauvetage ?

— Ne le prends pas comme ça, Milo.

— Je dois le prendre comment ? lui demanda sèchement son ami.

Sandra, désarçonnée, baissa la tête et ne dit rien.

— Je plaisantais, voyons ! Hahaha !

— Ce n'est pas drôle ! lança-t-elle en lui donnant une tape sur l'épaule. J'ai vraiment cru que tu étais sérieux !

— Hahaha ! Détends-toi ! Tu es bizarre en ce moment. Tout va bien ?

— Je vais très bien, ne t'inquiète pas. *J'aurais seulement voulu être avec Alex.*

Après 15 minutes de marche à parler du manga à succès *Demon Slayer*, Sandra et Milo arrivèrent enfin devant leur boulangerie fétiche. Ils y entrèrent d'un pas décidé et regardèrent les nombreuses pâtisseries en vitrine qui leur mirent l'eau à la bouche.

— Bonjour, vous avez choisi ? demanda la serveuse derrière son comptoir, un grand sourire aux lèvres.

— Heu… Oui. *Elle me dit quelque chose cette nouvelle serveuse.* Je voudrais un café crème, un cappuccino, une part de tarte aux pommes et… Tu veux quoi Milo comme pâtisserie pour accompagner ton café crème ?

— Un cookie au chocolat blanc et aux amandes, s'il te plaît, répondit-il après quelques secondes d'hésitation.

— Bien, je vous prépare ça tout de suite. Ce sera sur place ?

— Oui sur place, je vous remercie.

Ils choisirent de monter à l'étage, s'installèrent sur des fauteuils en tissu, et n'attendirent que quelques minutes avant d'être servis par la jeune femme qui les avait accueillis au comptoir.

La serveuse déposa soigneusement les deux plateaux sur lesquels reposaient les boissons et pâtisseries commandées. Elle leur souhaita une bonne dégustation, adressa un léger sourire à Sandra, puis redescendit aussitôt accueillir d'autres clients.

— C'était quoi ça ? l'interrogea Milo.

— « Ça » quoi ?

— Les regards, le petit sourire. Tu l'intéresses, ça saute aux yeux.

— Mais n'importe quoi ! rétorqua Sandra, embarrassée. *Je l'ai déjà vu quelque part cette fille. J'en suis certaine.*

— Dois-je te payer des lunettes pour ton prochain anniversaire ?

— Ce sera toujours mieux qu'un pyjama avec des têtes de licorne.

— Plus sérieusement, ça ne te coûte rien d'aller lui parler. Au pire des cas, tu te prendras un vent aussi glacial que le glacier du Mont Perdu.

— Très rassurant, comme à ton habitude.

— Elle est jolie en plus.

— Bon, ça suffit maintenant !

Il est vrai que l'apparence de la jeune femme ne laissa pas Sandra indifférente. Son teint mat, ses longs cheveux noir ébène ainsi que ses yeux bleus perçants devaient sans aucun doute attirer l'attention des hommes et des femmes. Mais Sandra avait une autre personne en tête. Cette même personne qui envahissait ses pensées depuis quelques semaines.

Il était 17 h 46 quand Milo et Sandra décidèrent de quitter les lieux. Ces derniers se levèrent, débarrassèrent leur table, descendirent les escaliers et s'apprêtèrent à sortir de la boulangerie quand Milo se hâta vers les toilettes pour hommes.

— Je reviens. Pipi pressant !

— Tu n'es pas possible Milo !

En attendant patiemment que celui-ci sorte des sanitaires, Sandra observa l'ensemble des personnes présentes autour d'elle. À sa gauche, un couple de personnes âgées entamait une part de flan. À sa droite, un jeune lycéen dégustait son cookie devant une vidéo TikTok. En face, trois Anglais ayant une tasse de thé à la main échangeaient bruyamment. Tandis que derrière elle, une petite fille partageait silencieusement son éclair au chocolat avec sa mère. Sandra pouvait passer toute une journée à observer les personnes qu'elle croisait, analysant ainsi l'attitude et le comportement de chacun. C'était pour elle un passe-temps comme un autre.

— Excuse-moi, tu es bien Sandra Verlion ? entendit-elle soudain à quelques centimètres de son oreille.

Sandra se retourna et vit la serveuse, l'air embarrassé, se tenir à côté d'elle.

— Oui c'est bien moi. Comment vous me connaissez ?

— Alors tu ne te souviens pas de moi ? Nous étions dans la même classe en première. Kate, Kate Vallois.

— *Kate Vallois... Kate Vallois... Ka...* Ah, mais oui ! Je me disais bien que je t'avais déjà vu quelque part !

Sandra se souvint de Kate comme une lycéenne timide et introvertie restant à l'écart de ses camarades de classe. À cette époque, Kate s'était impliquée dans une histoire de trafic de stupéfiants ayant mal tourné. Une dealeuse l'avait attendue devant le lycée pour lui mettre un couteau sous la gorge. Témoin de la scène, Sandra s'était précipitée vers la dealeuse pour la plaquer au sol avant l'intervention des enseignants et de la police municipale.

— Pour ma part, je t'ai tout de suite reconnue. Je n'oublierai jamais le visage de la fille qui m'a sauvé la vie il y a quelques années, dit Kate d'une voix reconnaissante.

— Je suis heureuse de voir que tu te portes bien. Je m'étais beaucoup inquiétée pour toi à l'époque.

— J'ai été contrainte de changer d'établissement scolaire assez rapidement. Je n'avais pas ton numéro et tu n'étais pas sur les réseaux sociaux. Je n'ai jamais pu te remercier…

— Ne t'inquiète pas pour ça, tu n'avais pas à me remercier. Il faut bien s'entraider entre camarades de classe.

— Au point de risquer sa vie ?

Le silence s'installa entre les deux interlocutrices.

— Je tiens vraiment à te remercier pour ce que tu as fait, insista Kate. Ce serait possible d'avoir ton numéro de téléphone ? Je voudrais t'inviter au restaurant.

— *Au resto ?* Kate… Ne te sens pas obligée…

— Je ne me sens pas obligée, répliqua la serveuse qui prit soin de noter le numéro de Sandra sur un morceau de papier avant de regagner son service. Dans le même temps, Milo sortit des WC et taquina son amie à propos de Kate durant tout le trajet du retour.

***

Alexie, il ne se passe pas une seule seconde sans que je ne pense à toi. Est-ce égoïste de te demander plus de temps à me consacrer ? Est-ce normal d'éprouver une sensation de joie lorsque je t'aperçois ? Et d'apaisement lorsque tu es avec moi ? De ressentir un vide lorsque tu ne réponds pas à mes messages ? Toi seule connais la réponse à toutes ces questions qui me tourmentent chaque jour.

***

Sandra, tu es constamment dans mes pensées. J'aime recevoir tes messages. J'aime te savoir près de moi. J'aime tout simplement être avec toi. Est-ce normal ? Est-ce mal vis-à-vis de mon couple ? Toi seule peux trouver la réponse à ces questions qui me taraudent jour et nuit.

Chapitre 5
Surprise !

Le 31 août 2021, à Amiens. 7 h 45

Sandra était en vacances depuis maintenant deux jours. Ressentant le besoin de se consacrer du temps et de se reposer convenablement, elle s'était arrangée avec sa responsable pour prendre une semaine de congés fin août.

Aujourd'hui, elle s'était levée aux aurores pour commencer un dessin à l'encre de Chine sur format grand aigle. Depuis qu'elle avait quitté l'éducation nationale pour un poste d'assistante administrative, Sandra n'avait malheureusement pas pris le temps de peindre, dessiner ou sculpter. *Hum… Qu'est-ce que je pourrais dessiner ? Un paysage ? Un animal ? Un personnage de Manga ? De Disney ?* Après un long moment d'hésitation, elle choisit de représenter un renard, son animal totem.

***

8 h 11. Le train de 8 h 08, ligne Paris → Amiens, était bondé. La plupart des voyageurs se bousculaient, râlaient, se disputaient les places assises. Alexie se trouvait au milieu de cet amas déchaîné. Il lui arrivait parfois de prendre le train pour se rendre au travail lorsqu'elle se sentait trop épuisée.

Jusqu'à ce que le train arrive à destination d'Amiens, la jeune pharmacienne ne cessa de penser à Sandra tout en tenant fermement dans ses mains le fil rouge que lui avait confié la vieille dame. Elle n'avait qu'une seule idée en tête : retrouver son amie pour le lui donner.

Je vais aller chez elle pendant ma pause-déjeuner. Normalement, elle devrait être là. Elle m'a dit qu'elle ne bougerait pas pendant ses vacances. Ahalala... J'ai tellement hâte de te voir.

***

12 h 32. Sandra fit une pause après avoir terminé la tête du renard. Elle enroula sa feuille, la mit sur le côté de son étagère et se prépara une omelette au fromage.

***

12 h 45. Après avoir englouti son sandwich, Alexie se hâta vers la voiture d'Alyssa garée à quelques mètres de la pharmacie.

***

12 h 55. La sonnerie de l'interphone résonna dans toute la pièce. Retentit ensuite la voix d'une femme pas très sûre d'elle. « Sandra ? C'est moi... Alexie. Tu es là ? » Surprise, Sandra s'approcha de l'interphone et appuya immédiatement sur le bouton permettant à son amie d'entrer à l'intérieur de la résidence. Son cœur s'emballa, elle ne s'attendait pas à sa visite. *Vite ! Vite ! Vite !* Elle sortit les dernières dosettes de café, remit les chaises à leur place, s'observa dans le miroir de la salle de bain, se recoiffa, puis regagna la pièce principale.

Toc ! Toc ! Toc !

Sandra courut vers la porte, l'ouvrit et se retint de ne pas sauter dans les bras d'Alexie.

— Salut. Tu m'offres un café ? demanda Alexie, le sourire aux lèvres.

— Bien sûr ! Entre. *Ce sourire me fera toujours craquer.*

Alexie entra. Elle glissa une petite enveloppe sous l'un des oreillers puis s'assit sur une chaise près de la fenêtre tandis que Sandra, le dos tourné, préparait deux cafés longs à l'aide de sa Tassimo.

— Ça me fait plaisir de te voir. Je ne m'attendais pas du tout à ta visite, dit Sandra en déposant les deux tasses de café sur la table.

— Je voulais te faire une surprise. Et puis… J'avais vraiment envie de te voir, avoua la pharmacienne.

— Ah oui ? Ça me fait vraiment plaisir que tu sois là. *Je mourrais d'envie de te voir aussi.* Par contre… Je suis assez gênée de t'accueillir dans un si petit logement…

D'une superficie de 20 m^2, son studio était aménagé d'un lit deux places, d'une commode, d'un bureau blanc laqué, d'un meuble télé, d'un mini frigo, d'une bibliothèque ornée de Mangas, de livres divers et de fausses plantes. Et sur les murs étaient accrochés de nombreux dessins réalisés à l'encre de Chine. Sandra s'y sentait bien, mais le manque de place se faisait ressentir. C'est pourquoi elle n'invitait pas grand monde de peur d'être jugée quant à la taille de son bien.

— Pourquoi être gênée ? Je le trouve très bien, ton logement, rétorqua la jeune pharmacienne. C'est spacieux, très bien aménagé, et la décoration reflète bien ta personnalité. Perso j'aime beaucoup !

— Merci c'est gentil, répondit Sandra d'un air soulagé.

Les jeunes femmes poursuivirent leur discussion sur *Arcane* – la nouvelle série d'animation qui faisait le buzz depuis quelques semaines sur les réseaux sociaux – et les voyages qu'elles aimeraient faire d'ici quelques années : l'Égypte pour contempler les pyramides, le Japon pour visiter les temples, l'Italie pour admirer les plus belles architectures du pays. Alexie parla ensuite de sa rencontre avec Pipper et des évènements qui ont suivi leur aménagement. Sandra l'écouta avec attention jusqu'à ce que le silence s'installe. Ce silence ne provoqua aucun malaise entre elles, bien au contraire. Elles se regardèrent dans les yeux un long moment, se levèrent puis s'enlacèrent longuement et chaleureusement, tout en se remémorant les souvenirs d'un passé qu'elles ne purent oublier malgré toutes ces années.

Chapitre 6
Nos premiers souvenirs

Trois ans auparavant…
Le 22 juin 2018

Une jeune étudiante en arts trépignait d'impatience de revoir une amie qu'elle connaissait depuis maintenant cinq ans. Elle attendait patiemment son arrivée tout en jetant quelques coups d'œil à travers sa fenêtre de chambre. Enfin, une *Seat Ibiza* blanche se gara devant les grilles de la demeure familiale.

— *C'est elle !*

L'étudiante prit son sac à dos et descendit en trombe les escaliers jusqu'à atteindre la porte d'entrée.

— Amuse-toi bien ma chérie ! Bisous ! s'écria la mère de Sandra avant que sa fille ne parte.

— Merci Maman ! Bisooous !

Sandra se dirigea vers l'Ibiza, ouvrit la portière et s'installa sur le siège passager.

— Alors, tu es prête ? demanda Alexie dont le sourire resplendissait.

— Oui, prête ! J'espère que l'exposition te plaira.

— Je suis certaine qu'elle va me plaire.

Les jeunes filles partirent en direction du Hall Freyssinet, rue de la Vallée. C'est à cet endroit qu'avait lieu le 23e festival de la bande dessinée d'Amiens. Le hall était immense. Sur les murs et les grilles d'exposition figuraient de nombreuses planches de BD, dont celles de

Titeuf, Le plongeon, Blacksad, Elles, Sorceline, Traces de la Grande Guerre, Les secrets de Toutankhamon, Hel'blar, Mémoires d'un guerrier. Se tenaient également des conférences d'auteurs, des ateliers pour enfants, des stands ainsi qu'une petite boutique de bandes dessinées.

Sandra sentit son cœur battre à tout rompre lorsqu'Alexie se tenait près d'elle. Elle l'avait toujours trouvée intelligente, élégante, attirante. Aujourd'hui, plus encore. Sachant qu'elles étaient toutes les deux lesbiennes et célibataires, pourquoi ne pas tenter un rapprochement ? Mais Sandra chassa cette idée de sa tête. *Comment Alexie pourrait-elle avoir de l'attirance pour moi ? Je ne suis pas aussi jolie qu'elle... Je ne suis pas non plus intéressante. Et puis elle est plus âgée que moi... Elle a 25 ans, j'en ai 21. Que ferait-elle avec une fille aussi jeune ? Quelle idiote je fais !*

Une heure plus tard, après avoir fait le tour, Sandra et Alexie quittèrent l'exposition. Elles se dirigèrent vers la sortie, redescendirent la chaussée du Hall Freyssinet et regagnèrent la *Seat* blanche stationnée rue Dejan.

— Je te remercie infiniment. C'était génial, s'exclama Sandra avant de monter.

— Ce n'est pas grand-chose voyons. Je suis ravie que l'exposition t'ait plu.

— J'espère qu'elle t'a plu aussi.

— Oui beaucoup ! Je regrette seulement de ne pas avoir acheté *Traces de la Grande Guerre...* avoua Alexie avec regret.

— Si un jour je vois cette BD en boutique, je lui offrirai.

Les deux jeunes femmes montèrent dans la voiture. Mais Alexie ne démarra pas dans l'immédiat. Celle-ci semblait réfléchir.

— Quelque chose ne va pas ? demanda alors Sandra, inquiète.

— Il est seulement 17 h 20. Tu veux que je te dépose chez toi ? Ou sinon tu pourrais venir chez moi ? On pourrait boire un chocolat chaud devant une série Netflix, lui proposa Alexie avec assurance.

L'étudiante était loin d'imaginer que son amie l'inviterait chez elle après le festival. Cette dernière ne prit pas la peine de réfléchir à deux fois avant de lui donner sa réponse.

— Je choisis le chocolat chaud devant la série Netflix.

Pas loin des 45 m^2, l'appartement d'Alexie était lumineux et suffisamment spacieux pour qu'elle puisse y accueillir d'autres personnes. Il était aussi proche de son lieu de travail, ce qui était plutôt avantageux. Lorsqu'elles arrivèrent sur place, la jeune pharmacienne prépara les deux chocolats chauds pendant que Sandra observa sa grande collection de jeux vidéo. Les boîtes occupaient toutes les étagères de la bibliothèque disposée à côté du canapé d'angle. C'était impressionnant. Son regard se dirigea ensuite vers l'écran télé sur lequel figurait le logo Netflix.

— Tu veux qu'on regarde quelle série ?

— Heu… Comme tu veux, je te laisse choisir.

Sandra était anxieuse. Alexie le remarqua et essaya de la mettre à l'aise en l'invitant à boire sa tasse de chocolat sur le canapé.

— *13 Reasons Why* ? Ça te dit ?

— Oui pourquoi pas. Tout le monde en parle sur les réseaux. C'est qu'elle doit être bien.

— Alors, va pour *13 Reasons Why !*

Après quelques minutes de visionnage, Alexie glissa son bras derrière le dos de Sandra, disposa sa main sur l'une de ses hanches et l'attira doucement vers elle. L'étudiante, à la fois surprise et heureuse, en profita pour venir se blottir contre elle. Elle pouvait alors sentir l'odeur enivrante de son parfum, sentir la chaleur de son corps et les battements de son cœur. Ne souhaitant pas en rester là, Sandra se redressa légèrement, regarda tendrement Alexie puis posa délicatement ses lèvres sur les siennes.

Le 28 juin 2018

À la nuit tombée, Sandra et Alexie s'étaient installées dans le lit pour regarder *Ready Player One,* célèbre film réalisé par Steven Spielberg. Lorsque le film fut terminé, le désir était à son comble. Les deux jeunes femmes s'embrassèrent avec ardeur et firent l'amour pour la première fois.

Le 29 juin 2018

Le ciel d'un bleu azur accueillait le soleil sans aucun nuage à proximité. Alexie avait fait la surprise à Sandra de l'emmener à Astérix. Au cours de cette journée, elles eurent le temps de faire les meilleures attractions du parc : *l'Oziris, Le Tonnerre de Zeus, le Goudurix, le Grand Splash, la Trace du Hourra, SOS Numérobis, la Galère* et *le Cheval de Troie.*

Le 24 juillet 2018

Depuis quelque temps, Alexie se comportait différemment. Elle semblait distante et perdue dans ses pensées.

— Quelque chose te tracasse ? l'interrogea Sandra qui remarqua son changement d'attitude.

— Je ne peux vraiment rien te cacher… avoua Alexie, attristée.

Cette dernière lui confia qu'elle avait un « blocage » depuis quelques jours, ne sachant pas d'où il provenait. Elle rajouta qu'elle ne voulait pas lui faire de mal et qu'elle souhaitait faire un *break* de deux semaines avant de prendre une décision qui pourrait avoir des conséquences sur l'avenir de leur couple.

Le 2 août 2018

Sandra s'était rendue chez Alexie au beau milieu de l'après-midi. Elles discutèrent de leur relation et prirent la décision de se séparer d'un accord commun. Une séparation douloureuse qui se conclut par un long et affectueux câlin dont elles garderaient le souvenir.

— Je resterais toujours en contact avec toi, lui promit Alexie. *Tu représentes beaucoup à mes yeux…*

— C'est tout ce que j'espérais… Amie ?

— Amie. *Pardon Sandra…*

— Merci pour tout Alex. Tu resteras mon premier amour.

Chapitre 7
Les sentiments renaissent

Le 1er septembre 2021, à Amiens. 6 h 45

La ville était de moins en moins fréquentée. L'animation provoquée par la foule depuis deux mois laissait maintenant place au bruissement de quelques passants, indiquant la fin des vacances d'été.

***

Sandra ne ferma pas l'œil de la nuit. Elle repensa à la visite surprise d'Alexie qui l'avait particulièrement troublée la veille. Le regard qu'elles avaient échangé, leur étreinte, la chaleur qu'elles ont pu ressentir au contact de l'autre n'avaient rien d'ordinaire. Sans doute, les souvenirs et les sentiments qu'elles avaient volontairement enfouis depuis quelques semaines montèrent à la surface. *Elle est en couple. Je ne peux pas lui dire ce que je ressens pour elle. Et ça gâcherait notre amitié,* songea Sandra, toujours allongée sur son lit. Elle alla se lever quand elle entendit soudainement le froissement d'une feuille de papier. Celle-ci regarda sous son oreiller et en sortit une petite enveloppe blanche sur laquelle était écrit « Pour toi ». À la fois curieuse et impatiente, elle ouvrit l'enveloppe et y découvrit un long cordon rouge tressé accompagné d'une lettre écrite par la main d'Alexie.

Sandra,

C'était plus simple pour moi de t'écrire cette lettre.

Je tenais à t'offrir ce joli petit cordon rouge. Il appartenait à une femme récemment rencontrée. Je lui ai fait la promesse de le remettre à la personne que je respectais le plus au monde. Une personne que j'aime énormément et à qui je confierais ma vie les yeux fermés. Cette personne, tu l'auras devinée, c'est toi. Je sais que tu en prendras grand soin.

Depuis qu'on s'est revue pour la première fois chez Chouchous et Chouchoutes, j'ai pris conscience que j'avais fait une grave erreur il y a 3 ans : celle de te laisser partir. Ce jour-là, j'ai sans doute perdu la femme qui aurait fait mon bonheur.

Tu es devenue si confiante, si courageuse, si… jolie. Tu es une femme admirable. Je t'admire beaucoup.

Sandra, depuis ces dernières semaines, tu es sans cesse dans mes pensées. Peu importe ce que je fais, tu es toujours présente dans ma tête comme si tu étais liée à moi. C'est inexplicable…

Je crois bien que j'ai des sentiments pour toi. Pas ceux d'il y a 3 ans. Ceux-ci sont 1000 fois plus forts et je pèse mes mots. Je sais que je ne devrais pas t'écrire ça sachant que je suis en couple avec Pipper… Mais je ne peux pas ignorer ces sentiments et je ne veux pas les faire taire non plus.

J'ai peur de ta réaction. J'ignore si de ton côté tu ressens la même chose… J'attends de tes nouvelles.

Je t'embrasse,

Alexie

PS Je ne veux surtout pas briser notre amitié à cause de tout ça. Si tu ne ressens rien pour moi, je l'accepterai et continuerai à te parler en tant qu'amie. Promis.

À la fin de sa lecture, Sandra eut les larmes aux yeux. Jamais elle n'aurait imaginé qu'Alexie ressentirait la même chose. Jamais elle n'aurait imaginé que leurs sentiments renaîtraient de leurs cendres après toutes ces années. Son cœur palpitait à la chamade, son corps était pris d'une sensation de joie et de bonheur exalté. C'était si beau qu'elle pensa être dans un rêve. *Si j'en suis, je ne veux pas en sortir.*

***

À Mouflers. 7 h 13

— Je pars travailler. À ce soir.

— Attends ! On peut parler 10 minutes ?

— Je n'ai pas le temps, il est déjà 7 h 15. Il faut que j'aille livrer des clients.

Alexie perdit patience.

— Tu n'as jamais le temps ! Le matin, tu es trop pressée, le midi tu ne veux pas parler de nos problèmes au téléphone et le soir tu es trop fatiguée pour entamer une conversation. Comment veux-tu qu'on mette les choses au clair ?

— Comment ça « mettre les choses au clair » ?

— Tu sais très bien de quoi je parle Pipper, ne fais pas l'ignorante. Notre couple bat de l'aile depuis un moment. Tu ne t'intéresses pas à notre projet maison, tu ne veux plus faire de sorties avec moi, tu ne veux pas rencontrer mes amis, tu ne t'intéresses pas à mon travail et on ne regarde même plus de films ou de séries ensemble. Tu crois que c'est normal ?

— Donc si je résume, tout est de ma faute, c'est ça ? s'indigna Pipper en haussant le ton.

— Je n'ai jamais dit ça. J'aimerais seulement que tu fasses des efforts de ton côté.

— Oui oui ! J'y réfléchirai. Maintenant, je dois partir travailler.

La jeune commerçante sortit et claqua volontairement la porte d'entrée pour montrer son mécontentement.

— *On ne peut jamais parler avec elle ! J'en ai vraiment marre de cette situation. J'ai envie de tout plaquer,* pensa Alexie qui s'apprêta aussi à partir. Elle enfila son tailleur noir, remplit la gamelle du chat, sortit de la maison, la ferma à double tour et se dirigea vers sa voiture. Sur la route, elle pensa à Sandra, à leur étreinte et au regard qu'elles avaient échangé la veille. *Ses yeux brillaient de mille feux. Mon cœur battait si fort. J'avais envie de l'embrasser et de la serrer encore plus fort dans mes bras. J'espère qu'elle a trouvé ma lettre. J'espère avoir une réponse…*

***

À Amiens. 11 h 45

En fin de matinée, Sandra décida d'aller frapper à la porte de Milo. Elle fut accueillie par Candice.

— Salut, Sandra, je peux faire quelque chose pour toi ?

— Bonjour Candice, Milo n'est pas là ?

— Il est parti chez ses parents ce matin pour aider son père à déménager sa petite sœur. Ce n'était pas prévu, révéla-t-elle avec agacement. Chaque fois que l'on prévoit de sortir, ses parents le monopolisent. Ça en devient irritant !

— Je te comprends, je suis désolé.

— Tu as besoin de quelque chose ?

— J'avais besoin de ses conseils.

— Normalement, il rentre ce soir vers 18h-19h. Je dis bien « normale-ment ».

— Je n'ai pas envie de vous déranger à cette heure-ci. Je lui parlerai un autre jour, tant pis. Je te souhaite une bonne journée.

— Merci, bonne journée à toi aussi, répondit Candice qui referma aussitôt la porte.

Sandra était perdue. Que devait-elle répondre à Alexie ? Que devait-elle faire ? Lui mentir et lui faire croire qu'elles n'étaient que de simples amies ? Qu'elle n'éprouvait pas la même chose qu'elle ? Ou au contraire, tout lui avouer ? Au risque de briser son couple ?

— Il n'est jamais là quand j'ai besoin de lui... pensa-t-elle, certaine que les paroles de Milo l'auraient aidé à faire le bon choix.

Cette dernière traversa le couloir du troisième étage pour regagner son logement quand elle sentit sa montre connectée vibrer. ***Brrr Brrr Brrr.***

Bonjour Sandra. Tu vas bien ? Je termine mon service à 20 h 30 ce soir. Si ça te dit, on peut aller au restaurant ? Je t'invite. J'ai entendu parler du Chari'vari, un restaurant aux spécialités savoyardes situé Rue Jacobin. Ça te tente ?
Kate.

Bonjour Kate,
Je vais très bien, merci. Et toi ?
Bien sûr, pas de problème pour le resto ce soir. On se donne rendez-vous devant chez Chouchous et Chouchoutes ?

Ça va.
Oui, rendez-vous devant la boulangerie. J'ai hâte.
À ce soir, bonne journée.

Bonne journée et bon courage. À ce soir.

— Ce resto' va me changer les idées. Ça tombe à pic.

***

Rue Pointin, à Amiens. 15 h 12

Au-dessus de la pharmacie se trouvait une petite pièce aménagée pour le confort des employés. Ce fut l'idée d'Ahmed Khayr – le patron – qui l'avait spécialement équipé d'un canapé, de quatre chaises, d'une table en bois rectangulaire, d'un réfrigérateur et d'un micro-ondes.

Ainsi, les membres de l'équipe pouvaient s'y reposer en dehors des heures de travail et/ou y manger pendant leur pause-déjeuner.

— Ahmed est génial. Pour rien au monde je ne quitterai sa pharmacie, dit Alyssa qui venait d'entrer dans la pièce, son tupperware en main.

— Figure-toi que moi non plus, répondit Alexie d'une voix détachée.

Cette dernière était en train d'écrire sur une feuille de papier. Les lettres formèrent des mots puis des phrases qui formèrent à leur tour des paragraphes.

— Tu fais quoi ? Tu ne manges pas ?

— Si si, je finis d'écrire ma phrase et je mange.

La Marocaine fit réchauffer son plat et s'installa près d'Alexie pour déguster ses tomates farcies.

— Tu écris quoi ?

— Je tiens un journal. Ça fait quelques semaines que j'ai envie d'écrire.

— C'est en rapport avec Sandra ?

— Et bien... Oui. J'ai besoin d'extérioriser ce que je ressens. Je suis complètement perdue Alyssa... D'un côté, il y a Pipper pour qui j'éprouve toujours quelque chose, mais beaucoup moins qu'avant. Il ne se passe plus rien entre nous, je le sais. Mais j'espère toujours qu'elle va changer. Je ne sais pas pourquoi je m'entête comme ça. Et d'un autre côté, il y a Sandra. Mon cœur bat à cent à l'heure quand je la vois ou pense à elle. Je n'arrive pas à l'enlever de ma tête. Elle est toujours là, peu importe ce que je fais. Quand je vois Sandra, je me sens moi-même, je suis tout simplement heureuse. Quand je la vois, j'ai juste envie de la prendre dans mes bras et de l'embra... enfin tu vois ce que je veux dire.

— Alex...

— Je lui ai écrit une lettre pour tout lui avouer. Je ne sais même pas si elle est tombée dessus ou si elle l'a lu. Ça tombe, oui. Ou ça tombe, elle ne veut pas me répondre. En plus, je n'ai même pas eu de messages aujourd'hui... C'est sûrement ça ! Elle l'a lu, mais ne veut pas me répondre !

— Woh woh woh ! Tu me lâches trop d'infos d'un coup. Tu lui as écrit une lettre ? Tu lui as écrit quoi ? Ce que je pense ?

Alexie acquiesça. Sa collègue sourit.

Les deux pharmaciennes discutèrent longuement. Alexie se confessa sur les difficultés qu'elle rencontrait avec sa petite amie depuis quelques mois. Elle évoqua ensuite les moments qu'elle partageait avec Sandra depuis quelques semaines avant de préciser que ses sentiments envers elle devenaient de plus en plus forts. Alyssa – dans son rôle de confidente – l'écouta avec attention puis lui conseilla tout simplement de suivre son cœur.

— Tes yeux brillent quand tu parles de ta petite Sandra, fit remarquer Alyssa avec amusement. C'est tellement mignon, ajouta-t-elle.

Alexie rougit.

— Je ne sais vraiment pas quoi faire… Admettons que Sandra ressente la même chose. Je pense que je n'arriverais pas à quitter Pipper… Sinon ça fait longtemps que j'aurais mis un terme à notre relation. Ce qui me fait peur, c'est de recommencer à zéro.

— La vie est un éternel recommencement. Elle est aussi trop courte pour être gâchée ! Sandra a l'air d'être une personne bien pour toi. Vous avez les mêmes objectifs et ça fait de nombreuses années que vous vous connaissez. Ça marchera, c'est sûr. Donc, réagis ! Ça fait trop longtemps que Pipper ne te respecte plus et qu'elle profite de ta gentillesse.

— Oui, tu as raison… Merci, tes mots me rassurent.

— Je te conseille d'aller lui parler directement. Il se peut qu'elle aussi ressente la même chose que toi et rumine à l'instant où je te parle.

— Tu as raison. Je vais passer chez elle ce soir.

— Sage décision.

Alexie remercia sa collègue pour son écoute et ses conseils tout en songeant à la manière dont elle allait aborder le sujet avec son amie ce soir.

***

19 h 45

Sandra se prépara pour son rendez-vous avec Kate au restaurant. Elle prit une douche à 38 °C, sécha et coiffa ses cheveux, se vêtit d'un jean noir et d'une chemise couleur crème, puis commença le 4e chapitre d'*Elle et Lui* en attendant que sa montre affiche « 20 h 15 ».

20 h 07. Son téléphone sonna. Le cœur de Sandra s'emballa. C'était Alexie.

— Oui allô ? répondit-elle.

— Coucou, je suis devant ta résidence. Tu veux descendre 5 petites minutes s'il te plaît ?

— Oui, bien sûr, j'arrive tout de suite.

Son cœur s'emballa davantage. *Pourquoi venir me voir à cette heure-ci ? Ce serait en rapport avec la lettre ? Je ne lui ai même pas donné de mes nouvelles aujourd'hui. C'est sûrement pour ça.* Sandra observa son visage dans le miroir, remit une mèche de cheveux à sa place, mit son impair noir et descendit rejoindre la jeune pharmacienne sans plus tarder.

Alexie l'attendait devant la porte résidentielle, à l'extérieur du bâtiment. Elle était anxieuse. *Dire qu'à l'époque, c'est moi qui l'intimidais. Aujourd'hui, les rôles sont inversés.*

— Coucou ! Qu'est-ce qui se passe ? Rien de grave ? lui demanda Sandra à peine la porte franchie.

— Non non, rien de grave, ne t'inquiète pas. Je voulais seulement te parler.

— Ah oui ? De quoi ? *J'aimerais tant passer ma soirée avec toi. Si seulement c'était possible.*

— Tu m'as beaucoup manqué. *Je voudrais rester avec toi. Si seulement je pouvais me le permettre.*

— Toi aussi tu m'as manqué Alex…

— Est-ce que… Par hasard… Tu aurais trouvé ma lettre ?

— Oui. Je l'ai même lu, répondit Sandra, rougissant d'embarras.

Cette dernière lui avoua qu'elle fut profondément touchée par ces mots ainsi que par le petit cordon rouge qu'elle lui avait laissé. Par ailleurs, elle le sortit de sa poche pour lui montrer qu'elle le garderait toujours auprès d'elle. Alexie sourit. Sandra lui avoua également qu'elle ne sut quoi lui répondre sur le moment, mais que leurs sentiments étaient bel et bien réciproques.

— Il suffisait simplement de me répondre ça, fit remarquer Alexie qui ne put s'empêcher de prendre la femme qu'elle aimait dans ses bras.

Durant de longues minutes, elles restèrent ainsi, se serrant un peu plus fort l'une contre l'autre. Pour rien au monde elles souhaitaient rompre cette étreinte si chaleureuse. Mais elles n'avaient pas le choix. Alexie devait retrouver Pipper. Quant à Sandra, elle devait se rendre au restaurant avec Kate.

Chapitre 8
Le restaurant

Alexie reprit la route en direction de *Mouflers.* Sandra, quant à elle, se hâta pour arriver à l'heure de son rendez-vous. Elle regagna son logement, prit son sac à dos, éteignit les lumières, descendit les escaliers, sortit de la résidence et traversa la ville en courant.

Après 10 minutes de course, elle arriva essoufflée devant la boulangerie, s'excusant auprès de Kate pour son retard.

— Pas de soucis, je t'attends seulement depuis deux minutes.

— Pour me faire pardonner, laisse-moi te payer un verre au resto.

— Va pour un verre ! s'exclama Kate qui prit Sandra par le bras. Allez ! Allons nous remplir la panse de fromages ! rajouta-t-elle d'une humeur enjouée.

Les deux anciennes camarades descendirent la rue de Noyon, puis la rue des 3 cailloux avant d'emprunter la rue des Jacobins où se trouvait le fameux restaurant savoyard : le *Chari'vari.*

— C'est ici ! s'exclama Kate qui entra directement à l'intérieur. Sandra lui emboîtant le pas.

Le *Chari'vari* était un restaurant familial et atypique. L'intérieur, éclatant d'une lumière blanche, disposait de tables et de chaises en bois. Sur les murs reposaient trois paires de skis, un snowboard ainsi que différents cadres contenant des photographies de montagnes enneigées. Les serveurs – vêtus d'un tablier à carreaux rouge et blanc – se tenaient prêts à accueillir leurs clients affamés.

Sandra et Kate s'installèrent dans le fond. Elles commandèrent toutes les deux un cocktail suivi d'un *Welsh Savoyard* accompagné d'une barquette de frites.

— Le Welsh Savoyard, un welsh simple avec lardons, jambons de pays de Savoie, oignons et pommes de terre, lut Sandra sur la carte. Ça a l'air délicieux.

— Ça l'est. Souvent je prends le *Ch'ti Burger.* C'est excellent aussi.

— Dis-moi Kate, tu es certaine de vouloir me payer le resto ?

— Mais oui ! Certaine ! Ne t'en fais pas pour ça. Dis-moi plutôt ce que tu es devenue après le lycée.

— Houla… *Par où commencer… Hummmm…*

Sandra lui résuma d'abord ses deux années de BTS, puis ses 3 années de Fac qui furent « les meilleures années de sa vie ». Elle enchaîna ensuite sur ses deux années de Master, sur sa première année d'enseignement en lui précisant que ce métier n'était pas fait pour elle. Enfin, elle termina son monologue en lui expliquant la manière dont elle avait intégré une bijouterie de luxe en tant qu'assistante administrative.

— Waouh ! Tu en as parcouru du chemin. C'est admirable, déclara Kate.

— Et toi, qu'es-tu devenue ?

— Je risque de te faire un monologue de longue durée, répondit la concernée, le sourire aux lèvres.

— Je vous écoute très chère, rétorqua Sandra d'une voix divertissante, se tenant prête à l'écouter.

Au même moment, le serveur arriva avec les deux plateaux en main. Il les déposa sur la table tout en leur souhaitant bon appétit, puis repartit. Kate prit alors la parole.

— Pour commencer, j'ai dû quitter le lycée Saint-Rémi à cause des évènements qui ont eu lieu. Tu vois de quoi je parle. J'ai été convoqué au commissariat de Police. Ils m'ont forcé à avouer que je dealais pour cette fameuse Cassandra. D'après ce que je sais, Cassandra a fait 3 ans de prison ferme. Lorsque mes parents ont appris la nouvelle, ils ont décidé de déménager dans l'Oise pour que je puisse reprendre une vie normale. J'ai donc poursuivi mes études au Lycée Marie-Curie à Nogent-sur-Oise, là où j'habitais. J'ai pu me faire de nouveaux amis avec qui je sortais régulièrement après les cours. D'ailleurs, je suis toujours restée en contact avec eux. Après avoir obtenu le bac, j'ai fait une licence d'histoire sur Paris. Je t'avoue que… C'était une période assez difficile. Je dépendais seulement d'une bourse pour payer mes études, mon loyer et mes courses. Et j'avais sans cesse le nez plongé dans mes livres. Je ne sortais pratiquement jamais. Mais heureusement ! Tous mes efforts ont été récompensés. J'ai obtenu mon diplôme avec la mention « très bien ».

Kate marqua une pause pour prendre une petite bouchée de son Welsh Savoyard et grignoter quelques frites. Sandra en fit de même.

— Tu es donc revenue sur Amiens après ta licence ? Relança Sandra, intéressée par le parcours de son ancienne camarade de lycée.

— Oui. Quand j'étais encore en licence, j'ai connu un garçon sur les réseaux sociaux qui habitait Amiens. Pendant les vacances je venais le voir. Il m'a proposé d'habiter avec lui après ma licence et j'ai accepté. J'ai eu la chance d'obtenir un poste en tant qu'animatrice du patrimoine quelques semaines plus tard. Ça fait deux ans que j'exerce ce métier ici.

— C'est un beau métier ! Tu pourrais m'en apprendre beaucoup sur le patrimoine de la ville !

— Ooooh oui ! Je pourrais te faire visiter des architectures et des lieux chargés d'histoires, si le cœur t'en dit.

— Avec grand plaisir. Merci Kate.

— Ne me remercie pas. Ça me fait plaisir de partager mon savoir et ma passion avec toi.

Elles s'arrêtèrent de discuter quelques instants pour finir leur Welsh Savoyard/frites. L'environnement était calme. Les autres clients étaient trop éloignés de leur table pour qu'elles puissent entendre les conversations, et inversement. La jeune serveuse ne regretta pas d'avoir choisi le fond de la salle pour ce soir.

— Pardonne mon indiscrétion, reprit Sandra, mais comment se fait-il que tu sois aussi serveuse chez *Chouchous et Chouchoutes* ?

— C'est la mère de mon ex-petit ami qui tient la boulangerie. Elle avait besoin d'une personne en plus. Malheureusement, elle rencontre des difficultés financières alors, je lui ai proposé mon aide pendant mes jours de repos.

— C'est généreux de ta part.

— C'est normal d'apporter son aide aux personnes qu'on apprécie.

— Ton ex-petit ami, c'est le même que tu as connu sur les réseaux ? Celui avec qui tu as emménagé sur Amiens ?

— Oui… Il m'a trompé avec l'une de ses collègues… Alors j'ai décidé de rompre, avoua sèchement Kate tout en fronçant les sourcils.

— Je suis désolé…

Sandra se sentit gênée d'avoir remué ces souvenirs. Elle préféra garder le silence jusqu'à ce que Kate n'engage de nouveau la conversation.

— Je trouverai bien quelqu'un qui saura me respecter et m'aimer pour qui je suis.

— Oui, j'en suis certaine. Tu es jolie et intelligente, il n'y a pas de raison pour que tu finisses tes jours seule. *Quand j'y repense, seule Alexie a su me respecter. Mes dernières relations n'ont pas été fameuses non plus… Entre tromperie, mensonge et ignorance !*

Kate retrouva son sourire angélique lorsqu'elle posa son regard sur Sandra.

— Et toi ma belle, tu as un petit ami ? lui demanda-t-elle.

— Non. Mais je suis amoureuse d'une personne qui n'est pas un garçon. *Autant être sincère.*

Kate ne fut pas surprise d'entendre que Sandra était attirée par les femmes. En réalité, elle s'en doutait depuis l'époque du Lycée.

— Je vois… J'espère que cette femme se rendra compte à quel point tu es exceptionnelle.

— Arrête, je suis loin d'être exceptionnelle, rétorqua Sandra qui ne put s'empêcher de rougir.

Il était 22 h 05 quand elles quittèrent le restaurant. Elles traversèrent la rue des Jacobins puis longèrent précipitamment la place

Gambetta avant d'emprunter une allée menant vers la Place Notre-Dame. Les deux femmes décidèrent de s'arrêter pour observer la Cathédrale sous un ciel nocturne parsemé d'étoiles. La lune brillait au-dessus de leur tête. Dans cette obscurité, l'architecture – du haut de ses 112 mètres –, leur semblait plus imposante, mystérieuse et mystique qu'à l'ordinaire.

Après 15 minutes de contemplation, Sandra et Kate reprirent leur chemin, se séparèrent rue Flatteurs et regagnèrent chacune leur appartement.

***

Alex, je n'ai cessé de penser à toi, à ta lettre, à tes mots. J'aimerais que tu quittes tout pour moi. Je le sais… C'est égoïste… Mais c'est ce que je souhaite. Je te veux dans ma vie.

Chapitre 9
Le fil rouge du destin

Un mois s'était écoulé.

Sandra avait repris son travail et s'était prise d'affection pour Kate qu'elle voyait deux fois par semaine chez *Chouchous et Chouchoutes.* Elle avait également parlé à Milo de sa relation avec Alexie qui lui conseilla d'attendre patiemment le déroulement des évènements, mais surtout, d'attendre que cette dernière se sépare définitivement de sa petite amie avant d'espérer quoi que ce soit.

Quant à Alexie, elle s'était querellée plusieurs fois avec Pipper allant jusqu'à parler de « séparation ». Au fond, c'est ce qu'elles espéraient toutes les deux, mais n'arrivaient pas à franchir le pas. Serait-ce par habitude ? Par peur ? Aussi, Alexie avait pris l'habitude de se rendre chez Sandra le mercredi pendant sa pause-déjeuner. Les sentiments qu'elles éprouvaient l'une envers l'autre grandissaient chaque jour. L'envie de s'embrasser, de se toucher et de franchir la limite du raisonnable était omniprésente. Mais elles ne pouvaient pas se permettre d'aller au-delà des affectueux câlins.

Le 2 octobre, à Amiens. 14 h

Aujourd'hui avait lieu l'évènement tant attendu : l'exposition « Révolution'art » au Musée de Picardie, réunissant plus de soixante-sept tableaux des plus grands artistes du 20e siècle. Sandra s'y rendit avec Milo, Candice et Alexie. La pharmacienne avait réussi à se libérer, prétextant à Pipper qu'elle devait remplacer l'un de ses collègues tombé malade. Tous les quatre se mêlèrent au groupe qui attendait patiemment l'arrivée du guide-conférencier à l'intérieur du hall. Sandra profita de ce moment d'attente pour faire les présentations.

— Milo, Candice, je vous présente Alexie. Une… Une amie de longue date. Alexie, voici Milo, mon meilleur ami et sa petite amie Candice.

— Enchantée de vous connaître. Sandra m'a beaucoup parlé de vous et surtout de vos après-midi de jeux de société. Ça a l'air sympa !

— À moi aussi, elle m'a beaucoup parlé de toi, répondit Milo d'un air condescendant. Tu pourrais te joindre à nous un après-midi. Ce serait l'occasion de faire connaissance.

— Avec plaisir, répondit Alexie, mal à l'aise.

Milo était méfiant. La jeune femme s'en rendit compte rapidement, et comprit qu'il était très protecteur envers Sandra. *Il doit sûrement être au courant de tout,* songea-t-elle.

— Messieurs-dames bonjour ! Je m'appelle John et je serais votre lumière aujourd'hui ! s'écria un homme avec une énergie débordante.

Il s'agissait du guide-conférencier. Âgé d'une trentaine d'années, celui-ci était grand, mince, possédait de longs cheveux blonds et bouclés. Plutôt bel homme, son style vestimentaire était des plus atypiques, vêtu d'un pantalon en toile blanche trop court pour ses grandes jambes, de hautes chaussettes blanches, d'un t-shirt rouge et d'un blazer vert sur lequel reposait une broche représentant un paon.

— J'aime beaucoup son style, chuchota Sandra à ses amis.

— Ai-je bien entendu ? Vous aimez mon style jeune demoiselle ?

Sandra ne s'attendait pas à ce que John l'entende d'aussi loin. *Il a l'ouïe fine.* Et fut contrainte de lui répondre.

— Oui oui ! Votre style est très original ! Ça vous va à ravir, dit-elle avec sincérité.

— Vous, dit l'homme en la désignant de son index, je vous aime bien !

Milo pouffa de rire. Candice et Alexie se retinrent pour ne pas plus attirer l'attention. Sandra fusilla Milo du regard tandis que John revint à son devoir professionnel. Il fit un léger discours à l'ensemble du groupe avant de leur faire visiter l'exposition.

— Sandy Sandy… Toujours en train d'attirer l'attention, fit remarquer Milo.

— Je ne pensais pas qu'il allait m'entendre ! répondit-elle à la fois embarrassée et ravie d'être appréciée par le guide-conférencier.

Lorsque le groupe s'avança vers John-le-guide pour commencer la visite, Alexie prit la main de Sandra et lui souffla à l'oreille : « Attention, je veille à ce que tu n'attires personne d'autre que moi ». À l'entente de ces mots, ses joues prirent un teint rougeâtre, ce qui amusa beaucoup la pharmacienne.

John les invita à gravir les escaliers de marbre avant de leur faire découvrir trois salles dont les murs couleur crème étaient couverts de toiles peintes par les artistes ayant révolutionné l'art du 20e siècle. La 1re était consacrée aux œuvres de Pablo Picasso, Gustav Klimt, Joan Miro, Salvador Dali et Marcel Duchamp. La 2e à celles de Hans Hartung, Wols, Georges Mathieu et de Jean Fautrier, artistes de l'Art Informel. Enfin, la 3e et dernière salle comportait des œuvres de Paul Klee, Wassily Kandinsky, Joseph Albers, László Moholy-Nagy et Marianne Brandt. Ces artistes ayant pour point commun d'avoir fréquenté le Bauhaus, la célèbre école d'architecture et d'arts appliqués fondée par Walter Gropius en 1919.

Alexie et Sandra furent ébahies par la beauté de *La vie mélangée,* peint par Kandinsky en 1907. Elles restèrent en extase devant la toile colorée quelques minutes.

— Ce tableau est magnifique. Quand je le regarde, je ressens… Comme de la joie, du bonheur. Il est très apaisant.

Surprise que son amie éprouve les mêmes sensations qu'elle, Sandra sourit et resta silencieuse. *Je suis heureuse de partager ma passion avec toi. Heureuse que tu sois là, avec moi.*

15 h 08. La visite avait duré un peu plus d'une heure. Les quatre amis se retrouvèrent à l'intérieur du hall pour parler de l'exposition avant de partir. Milo et Candice firent part de leur attirance pour la série « Les Otages » de Jean Fautrier, exposée dans la seconde salle. D'après eux, l'artiste français avait réussi à refléter le traumatisme et

l'atrocité de la guerre par la représentation, la technique utilisée, la couleur et la matière picturale. À leur tour, Sandra et Alexie partagèrent leurs ressentis vis-à-vis du tableau à motifs colorés de Kandinsky.

Au bout d'un quart d'heure, ils quittèrent le Musée après avoir remercié le guide-conférencier et se séparèrent à l'extrémité de la rue Puvis de Chavannes.

— C'est ici qu'on se quitte. On va rejoindre ma sœur à la Fac de lettres.

— D'accord. Moi, je vais raccompagner Alexie à la gare. À bientôt !

Milo regarda les deux jeunes femmes s'éloigner d'un air pensif. *Si Alexie prend la décision de rester avec Pipper, ça la bouleversera… J'espère qu'elle ne lui fera pas ce coup-là…*

— Tu vas arrêter de t'en faire pour Sandra ? lança Candice, semblant lire dans les pensées de son petit ami. C'est une grande fille. Peu importe comment cette histoire va finir, Sandra a fait le choix d'espérer. Elle sait très bien dans quelle situation elle s'est mise. Si malheureusement ça se termine mal, tu seras là pour la soutenir, non ?

— Oui, tu as raison… Avoua Milo, inquiet.

— Bien sûr que j'ai raison. Sandra sait qu'elle peut compter sur toi.

Les paroles de Candice rassurèrent le jeune homme qui la prit dans ses bras avant de l'embrasser avec tendresse. Les deux amoureux marchèrent ensuite main dans la main en direction de la Citadelle, là où étaient implantées les facs de lettres, de langues et d'histoire.

***

Gare d'Amiens. 15 h 24

La gare était quasiment déserte. Seules trois personnes – munies d'un sac de voyage – attendaient patiemment leur TER sur les sièges du hall. Leur allure leur donnait un air d'expéditeur à la Indiana Jones. Sandra les observa tandis qu'Alexie jeta un coup d'œil sur le panneau d'affichage.

« Amiens – Paris : 15 h 34 ». Elles se dépêchèrent alors d'emprunter les marches en béton pour se rendre sur la 3e voie du quai, puis s'installèrent sur l'un des bancs en attendant l'arrivée du train.

Une personne âgée d'origine asiatique était également assise sur un banc situé à leur droite. Cette dernière – vêtue d'une chemise rose, d'un pantalon en toile beige et d'un chapeau de paille – semblait les fixer avec insistance. Sans y prêter attention, les jeunes femmes profitèrent de cet instant pour parler de leur relation. Alexie précisa qu'elle attendait la fin de ses vacances sur l'île de la Barbade aux Caraïbes pour rompre avec Pipper. Bien que la peur de tout recommencer l'envahissait, l'envie et l'amour qu'elle portait pour Sandra prenaient le dessus. Ces sentiments envers elle étaient grands. Elle n'imaginait plus sa vie sans sa présence.

— Tu pars en vacances quand ? l'interrogea Sandra.

— Du 22 au 29 octobre. Malheureusement, je ne pourrais pas te parler de la semaine… Je n'ai pas le forfait pour envoyer des messages ou appeler depuis l'étranger… *Et ça m'énerve déjà !*

— D'accord, pas de soucis. *Je vais devoir tenir une semaine sans lui parler ? Sachant qu'elle passera ses vacances avec Pipper ?*

— Il ne se passera pas une journée sans que je ne pense à toi Sandra. Et ne t'en fais pas pour Pipper, il ne se passe plus rien entre nous depuis un moment. C'est comme si on partait entre amies. J'en profiterai pour lui parler de notre couple. Pour lui dire qu'il serait temps d'arrêter. Au fond, elle sait très bien qu'on a plus les mêmes intérêts et… qu'il n'y a pratiquement plus de sentiments. En tout cas, plus de sentiments amoureux.

Sandra resta silencieuse.

— Quelque chose te tracasse ? lui demanda Alexie.

— Oui… J'ai peur que cette semaine de vacances vous rapproche de nouveau. J'ai peur que tu m'oublies. Je ne veux pas qu'on s'éloigne… *Je ne veux pas te perdre.*

— C'est impossible pour moi de t'oublier. Et je te le répète, il ne se passe plus rien entre moi et Pipper. Il ne se passera plus rien entre nous.

— …

— Tu sais, je n'ai même pas envie de partir. *Je sais à quel point tu vas me manquer.* Mais je ne peux pas annuler ce séjour. Nous avons réservé il y a 7 mois et c'est l'occasion pour moi de me confronter à la réalité.

— D'accord. *Je te fais confiance.*

Alexie se rapprocha de Sandra, la prit dans ses bras et l'embrassa sur la joue, à quelques millimètres de sa bouche. L'envie de poser ses lèvres sur les siennes était grande. Mais elle se devait d'attendre la fin des vacances. Après ça, elle serait libre d'embrasser la femme dont elle était profondément amoureuse quand elle voudrait, et où elle voudrait.

— *Après tout ça, je pourrais enfin faire ma vie avec toi.*

La vieille dame les fixait toujours, mettant involontairement Alexie et Sandra dans l'embarras qui relâchèrent leur étreinte.

— C'est moi où la dame avec son chapeau nous observe depuis tout à l'heure ? dit Sandra à voix basse. *D'ailleurs, elle me dit quelque chose.*

— Je l'avais remarqué aussi, répondit la pharmacienne qui tourna sa tête vers l'octogénaire. *Mais ! Mais c'est… !* Sandra ! C'est la dame qui m'a do…

Avant qu'Alexie ne pût terminer sa phrase, la vieille dame se leva puis marcha lentement en leur direction le dos voûté. Elle marmonna des mots tels que « destin », « lien », qu'elle répéta sans cesse jusqu'à se tenir debout, courbée en face d'elles.

— *Mais oui ! C'est elle ! Je l'avais croisé l'autre jour en ville !* songea Sandra en la regardant de plus près.

— Bonjour jeunes demoiselles, s'exprima la vieille dame d'une voix paisible.

— Bonjour Madame, comment allez-vous depuis l'autre jour ? Vous vous souvenez de moi ? demanda Alexie, étonnée de la croiser ici.

— Très bien, merci. Et comment vous oublier ? À ce que je vois, vous avez tenu votre promesse, répondit-elle en dirigeant son regard vers Sandra. C'est très bien. Je savais que vous alliez écouter votre cœur.

Sandra regarda Alexie d'un air interrogateur. La vieille dame se tourna alors vers elle, pointa du doigt la poche de son jean et lui dit : « Gardez-le précieusement jeune fille. Elle vous a confié son cœur, mais aussi sa vie ». Dès lors, Sandra sut de quoi elle parlait et sortit de sa poche le fameux cordon rouge qu'Alexie lui avait récemment offert.

— Oui, ceci. Gardez-le précieusement, répéta l'octogénaire.

— Je compte bien le garder, Madame. J'y tiens énormément.

La vieille dame sourit, l'air satisfait d'entendre ces paroles.

— J'ai dû parcourir de nombreux pays au cours de… De mon existence. Croyez-moi, j'ai fait la rencontre de nombreuses personnes qui étaient en quête de l'être aimé. Je dois dire que… Je n'avais jamais eu l'occasion de le voir. De le voir lié à deux personnes aussi jeunes en plus… Il est… Si beau et si fort.

— Vu quoi Madame ? l'interrogea Alexie, perplexe.

— Il faut conserver ce lien… Marmonna-t-elle.

— Ce lien ? Madame, de quoi parlez-vous ? renchérit Sandra.

— Le fil rouge du destin, voyons. Il vous encercle et flotte autour de vous. J'arrive parfaitement à le distinguer. C'est extrêmement rare… Je comprends ce que je fais ici.

Alexie et Sandra se regardèrent, cherchant chacune une réponse dans le regard de l'autre. Elles voulurent davantage interroger l'octogénaire quand le train arriva. En l'espace d'une seconde, l'endroit était envahi par les voyageurs qui se hâtèrent vers la sortie du quai. La vieille dame les supplia de ne jamais abîmer ce lien qui les unissait et les pria de prendre soin l'une de l'autre avant de disparaître dans la foule.

***

20 h 34

Le soir même, Sandra se renseigna sur « Le fil rouge du destin ». Elle tapa ces mots dans la barre de recherche Google de son téléphone et cliqua sur le 1er lien qui apparut.

L'unmeil no akai ito (le fil rouge du destin). D'après la légende japonaise, ce fil provenant du cœur ne s'arrête pas au bout du doigt. Il s'étend sous la forme d'un fil rouge invisible, qui « sort » *de l'auriculaire, et qui finit par s'entremêler avec celui d'une autre personne, en reliant leur cœur ensemble.*

Deux personnes liées de cette façon sont liées par le Destin. Tôt ou tard, elles sont destinées à se rencontrer, et ce, peu importe la distance qui les sépare ou leurs différences. Lorsque ça arrive, cette rencontre marque profondément les deux personnes. Les fils peuvent parfois s'étendre et s'emmêler, ce qui peut repousser la rencontre. Mais ces fils ne peuvent jamais se couper.

Sandra envoya une capture d'écran à Alexie qui serait certainement intéressée par cette légende japonaise. L'idée qu'elles étaient liées et destinées à se rencontrer lui fit plaisir. Toutefois, quelque chose la préoccupait. *Qui est cette dame ? Et* comment *est-elle capable de voir ce fil ? C'est insensé… Voire irréel !*

Chapitre 10
Recoller les morceaux

Deux semaines passèrent après cette mystérieuse rencontre à la gare. Alexie et Sandra décidèrent de ne pas en reparler, bien que cette histoire ne les laissa pas indifférentes. Depuis, elles se voyaient de plus en plus souvent. Tous les soirs après son travail, Alexie rejoignait Sandra devant sa résidence pour l'enlacer, et, lorsqu'elles avaient un jour de repos en commun, elles le passaient ensemble au centre-ville. Leurs sentiments étaient riches et abondants. Les deux femmes avaient de plus en plus de mal à contenir leur désir de s'embrasser et de faire l'amour. Le respect envers Pipper était la seule raison pour laquelle elles n'avaient pas encore failli.

***

Le 15 octobre 2021, à Amiens. 7 h 07

Mais… Je suis devant la pharmacie où travaille Alexie ? Qu'est-ce que je fais ici ? Tiens, la voilà qu'elle sort. Elle n'a pas l'air bien. Avec qui elle est au téléphone ? Je vais me rapprocher.

— Alex' ! Je suis là.

Elle ne me voit pas ? Je suis encore en train de rêver ?

Flash

Quoi ? Qu'est-ce que je fais dans sa voiture maintenant ? Elle conduit trop vite... Elle a l'air pensive et furieuse... Encore cette lumière blanche ? Elle se rapproche. Attention !

— Alex ! Alex !

Sandra ouvrit les yeux. Elle se redressa, quitta son lit et se rendit dans la salle de bain pour passer de l'eau froide sur son visage. *C'est la deuxième fois que je fais ce genre de cauchemar. Il paraissait si réel... S*a box affichait 7 h 10. Elle devait se rendre au travail dans moins d'une heure. Elle déjeuna alors ses crêpes à la confiture avec un grand verre de lait d'amande vanillé, s'apprêta puis quitta son logement à 8 h 05.

À son arrivée, Sandra salua Mme Contois – sa responsable – et ses collègues avant de monter dans son bureau. Elle avait une vingtaine de devis à communiquer, des factures à valider, une trentaine de mails à traiter, des montres ainsi que des bijoux à vérifier. Le travail était assez important, comme d'habitude, mais cela ne dérangeait guère Sandra qui adorait son métier. Quitter l'éducation nationale pour intégrer la *Bijouterie Contois* en tant qu'assistante administrative fut l'une de ses meilleures décisions, et ne s'en cachait pas auprès de ses amis.

— *Avec tout ça, je ne verrais pas ma journée passer,* songea-t-elle. *Humm... Je vais commencer par les mails. Après, je m'occuperai des factures.*

Sandra s'installa devant son pc fixe, traitant ainsi les nombreux mails envoyés par l'ensemble des fournisseurs. Quand elle eut terminé au bout d'une heure et demie, Mme Contois la convoqua dans son bureau. Elle se dépêcha alors de descendre les escaliers, tapa à sa porte, puis entra.

— Rebonjour, Sandra. Asseyez-vous, je vous prie.

La jeune assistante administrative s'exécuta. Elle observa la pièce au plafond bas et aux murs bordeaux sur lesquels reposaient diverses photographies de pierres précieuses. Puis elle s'installa en face de Mme Contois qui était assise derrière son bureau en bois, datant de l'époque de la renaissance.

— Ça fait maintenant 6 mois que vous travaillez ici. Vous vous êtes bien intégrée à l'équipe et votre travail est très satisfaisant. Je vous en félicite. Je vois que vous êtes sérieuse et organisée, c'est ce qu'il nous fallait. Je ne regrette pas de vous avoir prise. C'est un réel plaisir de vous avoir à nos côtés.

— Merci Madame. Je suis aussi très heureuse de travailler dans votre bijouterie. L'équipe est formidable avec moi, et le travail en administration me plaît énormément.

— Je suis ravie de l'entendre, répondit Mme Contois le sourire aux lèvres. Si je vous ai convoqué ici aujourd'hui, c'était pour vous proposer de rédiger les modes opératoires de l'Atelier. Si vous êtes d'accord, bien entendu. Malheureusement, Tiffanie n'a pas eu le temps de le faire avant de partir…

Sandra ne prit pas la peine de réfléchir et accepta la proposition. Elle savait que c'était une tâche importante au sein de l'entreprise. Avoir cette nouvelle responsabilité la rendit fière.

***

Au Tréport

Alexie et Pipper étaient parties dans la matinée, en direction du Tréport. À leur arrivée, elles avaient fait les boutiques du Quai François, déjeuné dans un restaurant de fruits de mer et profité de leur après-midi pour gravir les 365 marches, se retrouvant ainsi à 106 m d'altitude sur le sommet des falaises. Par chance, le temps s'était levé, passant d'un ciel gris nuageux à un ciel bleu ensoleillé. Le beau temps rendit l'excursion plaisante aux yeux d'Alexie même si elle aurait préféré la partager avec une autre femme.

La vue était magnifique. L'horizon de la mer provoquait une sensation de liberté chez quiconque la contemplait du haut de ces parois rocheuses. Sensation qui s'empara d'Alexie, observant le paysage depuis près d'une demi-heure. De là-haut, elle pouvait entendre le cri des mouettes retentir, écouter le bruit des vagues déferler le long des côtes, et sentir l'air pur de la mer apaiser son esprit. Une légère brise caressa son visage, puis fit virevolter des brindilles d'herbe survolant la ville avant de disparaître dans le vide.

— Sandra, j'aurais voulu que tu voies ça.

— Tiens. Je t'ai pris une gaufre au sucre, dit Pipper en sortant d'un petit commerce situé sur la falaise, à quelques mètres de l'endroit où se tenait Alexie.

— Merci, c'est gentil.

— Tu vas rester ici encore longtemps ? J'aimerais aller sur la plage.

— Oui oui on va redescendre, attends encore quelques secondes s'il te plaît. *Si seulement tu étais là. La vue est splendide.*

Après avoir pris quelques photos du paysage, le couple partit en direction de la plage faite de sable et de galets. La mer était turbulente. Le vent soufflait fort. Mais les rayons du soleil se reflétaient sur l'eau, rendant le paysage tout aussi joli que sur les falaises. Les jeunes femmes marchèrent le long de la plage en silence jusqu'à ce que Pipper prit la main d'Alexie, posa sa tête sur son épaule et lui dit « Je t'aime ». Ne s'attendant pas à ce que sa petite amie agisse ainsi, la pharmacienne prit quelques secondes avant de lui répondre « Moi aussi », tout en pensant à Sandra. *Mais qu'est-ce que je fais ?*

Depuis quelques semaines, Pipper sentait qu'Alexie s'éloignait d'elle. Par peur qu'elle s'éloigne définitivement, elle souhaitait « recoller les morceaux » en organisant quelques sorties, dont celle-ci.

***

À Amiens. 17 h 36

Cet après-midi lui parut durer une éternité.

Il était 17 h 36 quand Sandra arriva devant sa résidence. Elle se hâta d'entrer à l'intérieur, monta les marches une à une avec difficulté et arriva au 3e étage quand elle entendit un bruit sourd résonner dans le couloir. Étonnée, elle alla voir ce qui était à l'origine de tout ce vacarme. C'est alors qu'elle aperçut Milo balancer divers objets en dehors de son appartement.

— Dégage ! Je ne veux plus te voir ici ! cria-t-il en jetant, cette fois-ci, une valise remplie de vêtements.

— Mais... Milo... Laisse-moi t'expliquer... S'il te plaît... dit Candice sur le pas de la porte.

— Il n'y a rien à expliquer !

Sandra n'en croyait pas ses yeux. C'est la première fois qu'elle voyait son meilleur ami dans cet état. Elle se dirigea vers eux en leur demandant ce qu'il se passait.

— Milo... Milo me met dehors, lui répondit Candice qui pleurait à chaudes larmes.

— Quoi ? Mais pourquoi ?

— Parce qu'elle m'a pris pour un con ! rétorqua Milo, incontrôlable.

— Milo, s'il te plaît... Fais rentrer Candice et calme-toi. Si tu continues, les voisins vont t'entendre. On peut discuter à trois si tu veux ?

— Je n'ai pas envie de parler ! Et j'en ai rien à foutre des voisins ! Elle va assumer sa connerie ! Je ne veux plus jamais la voir !

Milo retourna dans son logement en claquant furieusement la porte derrière lui. Sandra se tourna alors vers Candice et lui demanda de prendre ses affaires.

— Tu m'expliques ? Tu m'expliques pourquoi Milo est dans cet état ? l'interrogea Sandra lorsqu'elles arrivèrent dans son 20 m^2 situé au même étage.

— J'ai... J'ai trompé Milo deux fois avec Cyril, avoua Candice avec regret. Il l'a découvert en regardant mes messages...

— Mais pourquoi tu as fait ça ? Tu n'aimes plus Milo ?

— Ce n'est pas ça... Depuis quelques semaines, il est « absent ». Il travaille sans cesse, même les week-ends. Je n'avais plus d'attention… Ça me rendait malheureuse. Cyril, lui, était à mon écoute et…

— Et il a profité de la situation, l'interrompit Sandra. Comment tu as pu tomber dans le panneau ?

— J'avais besoin de réconfort… Besoin d'être regardée, d'être touchée, tu comprends ?

Sandra se tut. Candice interpréta son silence comme un signe d'incompréhension.

— Tu m'en veux d'avoir trahi ton meilleur ami… Je comprends…

— Oui ! Tu lui as fait du mal.

— J'aimerais me faire pardonner…

— Je vais être franche avec toi, il ne te pardonnera pas. Tu as trahi sa confiance, tu le sais très bien.

Bouleversée, Candice se mit à pleurer et supplia Sandra d'aller parler à Milo pour qu'il lui laisse une seconde chance. Cette dernière accepta, en lui précisant qu'elle discuterait avec lui seulement demain matin. En attendant, elle l'invita à rester chez elle. Les jeunes femmes passèrent donc la soirée à parler de tout et de rien avant de s'endormir vers 22 h, toutes les deux épuisées de leur journée.

***

À Mouflers. 22 h 15

La journée au Tréport avait fatigué le jeune couple qui ne prit pas la peine de dîner ce soir, préférant s'installer dans leur lit pour se reposer.

— Mon cœur, tu veux mettre quoi à la télé ?

— Comme tu veux. Mets une série qui te plaît. *J'espère que sa journée s'est bien passée. Ça m'embête de ne pas avoir envoyé de messages aujourd'hui… Elle me manque tellement…*

— J'ai une meilleure idée, dit Pipper en dévorant sa petite copine des yeux.

— Non, pas ce soir. Je suis fatiguée, dit Alexie d'une voix hésitante. *Je n'ai pas envie de faire l'amour avec elle...*

Pipper ignora ses paroles et commença par l'embrasser sur les lèvres, tout en lui caressant les seins. Elle glissa ensuite l'une de ses mains en dessous de sa taille, puis glissa son doigt à l'intérieur de son intimité. Alexie ne put s'empêcher de gémir à ce contact. Elle s'abandonna alors à sa partenaire qui lui fit tendrement l'amour jusqu'à épuisement.

***

Je ne trouve plus le sommeil. J'aimerais tant me blottir contre toi, tant m'endormir dans tes bras. Ces pensées me réconfortent comme ils me chagrinent... Je jalouse ta copine... Elle qui s'endort et se réveille chaque jour à tes côtés...

Dois-je continuer d'espérer ? Espérer que tu suives ton cœur ? Espérer que tu fasses le choix de tout quitter pour moi ? Je te fais confiance... Notre avenir est entre tes mains.

***

J'aurais dû la repousser... J'imaginais que c'était toi... Toi qui m'embrassais, toi qui me touchais, toi qui me faisais l'amour.

Sandra... Tu envahis mes pensées... Je te promets de vaincre cette peur de tout recommencer. Je te promets un avenir à mes côtés.

Chapitre 11
Ne m'oublie pas

Le 20 octobre 2021, à Amiens. 8 h 25

Les vacances aux Caraïbes avaient lieu dans deux jours.

Dans d'autres circonstances, Alexie aurait été heureuse de s'y rendre. Mais la situation dans laquelle elle se trouvait la démoralisait, sachant que le choix qu'elle allait faire après ce voyage aurait un impact sur son avenir, sur celui de Pipper, de même que sur celui de Sandra.

Je vais prendre mon courage à deux mains. Il faut que je quitte Pipper. Je dois le faire pour Sandra. Il le faut. Oui, il le faut, se répéta-t-elle avant d'arriver à la pharmacie quelques minutes avant l'ouverture. Elle entra par la porte secondaire, salua ses collègues, déposa ses affaires dans la réserve, enfila sa blouse, se prépara un café et vérifia quelques ordonnances. Alyssa rangeait les rayons tandis que Mehdi était à son comptoir, prêt à accueillir les patients.

— Prête pour les Caraïbes ? lui lança Alyssa avec enthousiasme.

— Oui et non.

— Rooooh ! Ça va te faire du bien ! Tu vas pouvoir bronzer, te baigner, te promener sur la plage, boire des cocktails en terrasse, observer les magnifiques couchers de soleil.

— Je peux toujours te laisser ma place, répondit simplement Alexie qui but son double expresso d'une gorgée avant d'ouvrir la porte de la pharmacie.

Les comptoirs furent rapidement pris d'assaut. La majorité des patients s'étaient déplacés pour cause de migraines occasionnelles, de rhinopharyngite, de toux grasse, d'hypotension, d'insomnie et de grippe. Tandis qu'une minorité s'était déplacée pour l'achat de produits de soins.

20 h 05. Sa dernière journée de travail venait de s'achever. Alexie salua ses collègues, sortit de la pharmacie et regagna sa voiture pour rejoindre Sandra. Sur le trajet, elle pensa aux conséquences que sa – future – rupture allait causer. *Pipper risque de le prendre très mal... Sa famille aussi,* songea-t-elle en longeant la gare d'Amiens. *J'espère y arriver... J'ai tellement peur... Peur du recommencement...* Elle traversa la rue Saint-Leu, puis le boulevard des Fusillés. *Mais j'aime Sandra ! Je l'aime tellement... Avec elle, tout se passera bien. J'en suis sûre.* Enfin, elle arriva quartier Saint-Maurice et se gara dans une rue à quelques pas de la résidence.

En sortant de son véhicule, Alexie aperçut son amie l'attendre patiemment adossée contre le mur du bâtiment. Le ciel commençait à s'assombrir, la lune à apparaître.

— Bonsoir chère demoiselle.

— Bonsoir Madame. Vous avez 3 minutes de retard, la taquina Sandra.

— Je suis désolé, j'ai été retardée par un patient. Mais pour me faire pardonner, vous aurez le droit à un gros gros câlin.

Joignant le geste à la parole, Alexie s'approcha de Sandra et la serra dans ses bras. Toutes les deux ressentirent une sensation de bien-être et d'apaisement. Les battements de leur cœur s'intensifiaient. Elles auraient voulu que le temps s'arrête. Que leur enlacement dure une éternité.

Alexie finit par relâcher son étreinte à contrecœur. Elle remarqua alors que Sandra tenait un sac dans ses mains.

— Qu'est-ce que c'est ? lui demanda-t-elle curieusement.

— Oh ça ? C'est pour toi, répondit la jeune femme. Je tenais à te l'offrir avant que tu ne partes aux Caraïbes.

Alexie prit le sac tendu par son amie, regarda à l'intérieur et découvrit avec stupeur la bande dessinée *Traces de la Grande Guerre* qu'elle avait aperçue au festival de la BD en 2018.

— Mais ! Comment tu as réussi à la retrouver ?

— Je ne te le cache pas, j'ai mis du temps. Je me souvenais seulement de la date d'exposition, de la couverture bleue et vaguement du titre. Je sais qu'il y avait le mot « guerre » dedans. Avec ces trois indices, j'ai navigué sur différents sites jusqu'à tomber sur celui du festival de la BD d'Amiens. J'ai dû remonter la page jusqu'en 2018. Il y avait tous les titres des bandes dessinées exposées cette année-là. Et voilà ! C'est comme ça que j'ai réussi à la retrouver !

— … Tu es formidable… Merci beaucoup…

Alexie était émue. Cette bande dessinée avait beaucoup de valeur à ses yeux, lui rappelant l'un des meilleurs souvenirs qu'elle avait pu partager avec Sandra il y a quelques années.

— Ne me remercie pas. Je m'étais promis de te l'offrir un jour.

— …

— Profite bien de tes vacances Alex. Et ne m'oublie pas…

La pharmacienne prit une dernière fois Sandra dans ses bras, la serra aussi fort qu'elle le pouvait, l'embrassa sur la joue et la remercia de nouveau avant de repartir chez elle. *Je ne peux pas t'oublier. Jamais je ne le pourrais.*

Chapitre 12
Vers d'autres horizons

Le 22 octobre 2021, à Paris. 7 h 40

L'Aéroport Charles de Gaulle était bondé. Certaines personnes se bousculaient, se précipitaient et se faufilaient entre les files, valises en main. D'autres attendaient patiemment leur vol en observant le panneau d'affichage. Aussi des enfants hurlaient, pleuraient, couraient, montaient sur les carrousels à bagages. Parmi cette foule assourdissante, un couple de femmes se dirigeait vers le quai d'embarquement.

Alexie et Pipper montèrent à l'intérieur de l'avion, disposèrent leur valise dans le compartiment à bagages et s'installèrent côte à côte. L'avion allait décoller dans moins de 5 minutes, ce qui laissa le temps à Alexie d'écrire un dernier SMS à Sandra.

Je suis dans l'avion. Dans quelques minutes je survolerai les nuages tout en pensant à toi.
Passe une agréable semaine. Tu vas énormément me manquer…
Je t'embrasse très fort.

Cette dernière relut discrètement le message qu'elle venait d'écrire, l'envoya à son destinataire et commença à lire *Traces de la Grande Guerre* qu'elle avait pris soin d'emporter avec elle pour ce voyage.

***

Le 26 octobre 2021, à Amiens

Quatre jours s'écoulèrent.

Sandra n'était pas sortie depuis le départ de son amie, préférant ruminer chez elle en imaginant le pire des scénarios : Pipper reconquérir Alexie. Pour essayer de se distraire, elle dessinait des paysages à l'encre de Chine ou lisait les *Sherlock Holmes* écrits par Arthur Conan Doyle qu'elle s'était procurés dans une librairie du centre-ville.

Aujourd'hui, Sandra s'était levée aux aurores pour commencer son futur roman. Elle ressentait le besoin d'écrire une histoire inspirée de sa relation avec Alexie, qui plus est, lui permettait d'extérioriser ce qu'elle vivait. *Ce sera personnel,* songea-t-elle en allumant son ordinateur. *Et puis… ça me fera du bien !* Aussitôt le pc allumé, Sandra ouvrit la page LibreOffice Writer et pianota avec inspiration sur son clavier.

Imperceptible à l'œil nu, le fil est omniprésent, tournoyant et résistant aux tempêtes qui menacent de couper le lien qui nous unit depuis tout ce temps.

Satisfaite de ses premières lignes, elle continua d'écrire jusqu'à ce que la sonnerie de son téléphone ne l'interrompe deux heures plus tard. L'écran afficha « Milo ». Elle ne répondit pas.

5 minutes plus tard, on frappa violemment à sa porte.

Toc toc toc !

— Sandra ! C'est moi, Milo ! Je sais que tu es là ! Alors, ouvre-moi cette fichue porte !

Bien qu'elle voulait l'ignorer, elle décida finalement de confronter son meilleur ami.

— Qu'est-ce qui se passe ? Pourquoi tu tambourines comme ça ? demanda-t-elle sèchement après avoir entrouvert la porte.

— Tu oses me demander ce qui se passe ? Tu ne réponds même plus au téléphone. Je m'inquiétais !

— Tout va bien, j'ai seulement besoin d'être seule ces temps-ci.

— Ah non ! Pas de ça avec moi ! Je vais entrer et tu vas me dire ce qui t'arrive ! Ce n'est pas dans tes habitudes de rester chez toi sans répondre aux appels.

Sandra n'eut d'autres choix que de laisser Milo entrer.

— Bien, je t'écoute, dit-il en s'asseyant sur une chaise.

— Milo… S'il te plaît… J'ai besoin d'être seule…

— Écoute-moi bien Sandra. Je suis bien placé pour savoir que rester seul chez soi n'est pas la meilleure solution. Tu te souviens quand tu m'as obligé à sortir après ma séparation avec Candice ? Et bien heureusement que tu étais là ! Sinon j'aurais sombré. Maintenant, c'est à mon tour de te secouer ! Déjà, tu vas commencer par me dire ce qui se passe.

Émue par l'attention que son ami lui portait, Sandra se confia. Elle lui fit part de ses doutes ainsi que de ses craintes vis-à-vis de la décision qu'allait prendre Alexie à son retour. « J'ai peur que ce voyage les rapproche et qu'elle décide finalement de rester avec Pipper… Et de me laisser tomber… Je l'aime tellement… Je n'avais jamais ressenti ça avant… Je ne veux pas la perdre. » Finit-elle par lui dire.

— Pourquoi as-tu gardé tout ça pour toi ?

— Je ne voulais pas t'ennuyer avec mes problèmes…

— Mais tu ne m'ennuies pas, au contraire ! J'aurais voulu être présent pour toi Sandra… Tu sais, je pense qu'Alexie fera le bon choix. Ses sentiments sont réciproques, j'ai pu le voir de mes propres yeux. Ses yeux pétillaient autant que les tiens au musée. Vous êtes faites l'une pour l'autre, ça ne fait aucun doute.

— J'espère que tu as raison Milo… J'imagine seulement ma vie avec elle. On voyagerait ensemble, on passerait des week-ends au bord de la mer, on regarderait des films et des séries, on s'embrasserait, on se tou…

— Wo wo wo ! Je ne veux rien savoir de plus.

Sandra se mit soudainement à rire au vu de la réaction de son meilleur ami, qui à son tour, rit aux éclats.

Toc toc toc ! Toc !

— Tu attendais quelqu'un ?

— Non, personne, répondit Sandra qui se leva de sa chaise, surprise d'apercevoir quelques secondes plus tard le visage de Kate à travers l'œilleton de sa porte.

— C'est Kate.

— Qui ?

— Kate, la serveuse de l'autre jour.

— Tu es sérieuse ? Vous vous côtoyez ? J'ai dû louper un wagon.

— Il n'y a rien entre nous, c'est une ancienne camarade de classe. Je t'expliquerai tout en détail la prochaine fois.

Sandra lui ouvrit et l'invita à boire un thé.

— Tu ne répondais pas au téléphone… Je m'inquiétais beaucoup pour toi, avoua Kate d'une voix hésitante. J'ai cru… Qu'il t'était arrivé quelque chose… Et comme c'est ma journée de repos aujourd'hui, j'en ai profité pour voir si tu allais bien.

— Ah ! Bienvenue au club. Je te rassure, elle ne répondait pas à mes appels non plus. Alors que je suis censé être son meilleur ami.

— Bon, ça va Milo ! N'en rajoute pas !

Sandra s'excusa auprès de son ancienne camarade et lui expliqua qu'elle n'avait pas le moral ces derniers temps. Cette dernière accepta ses excuses, lui précisant qu'elle serait présente pour elle si besoin.

— Tu as deux anges qui veillent sur toi à présent, s'exprima Milo en admirant Kate du coin de l'œil. *Elle est vraiment jolie.*

— Oui, c'est vrai… Merci à tous les deux. J'ai de la chance de vous avoir.

Après leur discussion, Sandra prépara deux cafés courts ainsi qu'un thé citron. Elle déposa les tasses sur la table et s'installa auprès de ses invités. Milo essaya de faire ample connaissance avec la jeune brune aux yeux bleus en lui posant des questions sur son travail et sur ses centres d'intérêt. Kate lui répondit avec joie, prenant plaisir à discuter avec un garçon qui s'intéressait à elle. Lorsqu'elle vint à parler de lieux historiques, le jeune homme leur proposa de partir à Rouen dans l'immédiat. Les deux femmes furent étonnées par cette proposition si soudaine.

— Comment ça ? Là ? Maintenant ? lancèrent-elles d'un air surpris.

— Oui ! Maintenant ! Nous aimons tous les trois visiter des lieux chargés d'histoires. À Rouen, ça n'en manque pas ! Et ça nous changera les idées. N'est-ce pas Kate ? *Sandra a besoin de prendre l'air. Ça lui fera du bien.*

— Milo a raison. Un peu d'imprévu, ça ne nous fera pas de mal ! Profitons de cette journée pour explorer la plus belle ville de Normandie.

— Alors, allons-y ! s'exclama Sandra qui retrouva le sourire.

À cet instant, elle prit conscience qu'elle était entourée de très belles personnes. Des personnes bienveillantes. Des personnes qui veilleraient toujours sur elle. Des personnes qui n'hésiteraient pas à lui apporter leur aide si besoin.

12 h 45. Sandra, Milo et Kate arrivèrent à Rouen. Par chance, le ciel bleu accueillait le soleil qui réchauffait le climat du mois d'octobre. Milo gara sa *Renault Clio* noire à l'intérieur d'un parking souterrain proche du centre-ville. Tous les trois dégustèrent leur sandwich fait maison dans la voiture, puis se dirigèrent vers le centre pour visiter la place de la Cathédrale, tout en contemplant la façade de l'édifice. Ils se rendirent ensuite à la place du Vieux-Marché où se trouvait l'église Sainte-Jeanne-d'Arc, dont la forme singulière leur rappelait celle d'un vieux chapeau de sorcier. C'est sur cette même place que la malheureuse Jeanne d'Arc – ayant contribué à inverser le cours de la guerre de Cent Ans – fut condamnée sur un bûcher en 1431. Enfin, ils se promenèrent au centre-ville le reste de l'après-midi, observant les boutiques, les cafés, les bars ainsi que le colombage conservé sur les anciennes maisons.

En fin de journée, Sandra proposa à ses deux accompagnateurs de rester jusqu'à la tombée de la nuit sur la place de la Cathédrale. Tous les deux acceptèrent. Ni Milo, ni Sandra, ni Kate ne souhaitait quitter la ville de sitôt. Ils ne voulaient tout simplement pas que cette journée se termine.

Le soleil se coucha. Des centaines d'étoiles scintillaient dans le ciel. Les trois amis restèrent assis sur les marches de la place, admirant l'architecture dans l'atmosphère chaleureuse de la nuit étoilée. Aux alentours de 23 h, le vent frais commençait à leur donner des frissons. Ils décidèrent donc de rentrer. Milo, Kate et Sandra se levèrent, traversèrent prudemment le centre-ville, arrivèrent dans le parking souterrain et s'installèrent en voiture pour reprendre le chemin du retour.

***

Alexie ? Elle roule de plus en plus vite... Et elle ne me voit toujours pas. Je suis encore dans ce rêve ?

— Penses-tu que tu es dans un rêve ordinaire Sandra ?

— Vous ? Qu'est-ce que vous faites ici assise à l'arrière de la voiture ?

— Vous m'avez reconnu ? Décidément, on ne m'oublie pas aussi facilement.

— Comment oublier une dame aussi étrange que vous ! Vous nous parlez du destin en pleine gare et vous vous sauvez. Mais j'y pense... Alexie ne semble pas vous voir ou vous entendre non plus.

— Bien sûr qu'elle ne peut ni nous voir ni nous entendre, répondit calmement la vieille Asiatique. Votre rêve est tel un film que vous visionnez. Alexie est telle l'actrice principale de ce court-métrage. Il vous est impossible de communiquer avec les personnages d'un film à travers votre écran, n'est-ce pas ? Et bien ici, c'est la même chose. La réalité ne peut pas embrasser la fiction.

— Je ne comprends pas. Le rêve n'est-il pas entièrement fictionnel ?

— Pas dans ce rêve-ci.

— Qu'est-ce qui est réel ? Vous ? Moi ? Ce que je vois ?

— Toi seule peux trouver la réponse.

— Pourquoi êtes-vous ici, si vous ne pouvez pas me donner de réponse ?

— Je suis ici pour te montrer qu'il faut protéger ce qui t'est le plus cher en ce monde.

J'ai du mal à comprendre ce qu'elle veut me dire…

— Sur ce, je vous laisse chère Sandra. Surtout, ne le laissez pas disparaître.

— Disparaître ? De quoi parlez-vous ?

Elle a disparu ! Une fois de plus ! Quoi ? Encore cette lumière blanche ? Elle se rapproche ! Attention ! Alex !

— Alexie !

— Sandra ! Réveille-toi ! s'écria Kate en la secouant légèrement.

Sandra se réveilla en sursaut, les larmes aux yeux.

— Ça va à l'arrière ? s'inquiéta Milo qui regarda dans son rétro intérieur, tout en restant concentré sur sa conduite.

— Oui, ne t'inquiète pas, elle a dû faire un cauchemar.

Sandra, abasourdie, se redressa sur son siège et essuya ses larmes d'un revers de manche. *Pourquoi je fais toujours ce même cauchemar ? Pourquoi cette lumière blanche ? Pourquoi cette vieille dame me hante-t-elle ?*

— Comment tu te sens ? lui demanda Kate avec douceur.

— Bien merci. Un mauvais rêve comme un autre, ne t'en fais pas.

— Comme un autre ? Tu as crié le nom d'Alexie avec une telle gravité que ça nous a fichu les chocottes, rétorqua Milo. Et tu pleurais ! Je ne pense pas que ce soit un « mauvais rêve comme un autre » !

Après avoir repris ses esprits quelques minutes plus tard, la jeune femme décida de leur raconter – dans les grandes lignes – ses trois cauchemars. Elle parla d'Alexie, de sa conduite nerveuse, de son état inhabituel, du coup de téléphone qu'elle avait reçu avant de prendre la route, et enfin, de cette fameuse lumière blanche. Sandra ne parla pas de la vieille Asiatique, préférant garder cette mystérieuse apparition pour elle. *Ils ne me prendraient pas au sérieux…*

Ses amis essayèrent de la rassurer en lui disant que ce n'était pas réel, qu'il ne fallait pas prendre ces songes au sérieux. Mais Sandra avait un mauvais pressentiment, comme si son 6e sens l'alertait d'un mauvais présage. *J'espère que je me trompe, et qu'il n'arrivera rien de grave…*

1 h 25. Milo déposa sa meilleure amie devant la résidence, puis décida de raccompagner Kate à son domicile quartier Saint-Leu.

— Tu es certain que ça ne te dérange pas de faire un aller-retour ? L'interrogea Kate, gênée.

— Je ne te laisserai pas repartir seule à cette heure-ci. Je ne suis pas à 5 minutes.

Ils passèrent la rue des Rinchevaux.

— Quel gentleman !

— Comment ne pas l'être avec une si jolie femme ? répondit simplement le jeune homme.

Ces mots lui échappèrent. Kate rougit.

— Tu sais Milo, reprit-elle, je m'inquiète pour Sandra. Je ne connais pas son amie, mais… Elle a l'air d'être très attachée à elle.

— Oui… C'est compliqué. Pour te faire un bref résumé, Sandra est amoureuse d'Alexie qui est déjà en couple avec une autre fille. D'ailleurs, Alexie est aux Caraïbes avec sa petite amie à l'heure où je te parle. C'est pour ça que Sandra n'est pas sortie depuis. Elle rumine… Elle te donnera plus de détails quand vous vous verrez. Je lui ai promis de ne rien dire de plus par rapport à cette histoire.

— Je comprends. Mais Alexie l'aime aussi non ? Elle a l'intention de quitter sa petite amie ?

— Ooooh oui qu'elle l'aime. Pour ce qui est de quitter sa copine… Normalement, oui. D'après Sandra, elle compte le faire à son retour.

Ils franchirent le quartier Saint-Leu.

— C'est tout ce que je souhaite. Sandra mérite d'être heureuse.

— Je suis entièrement d'accord avec toi.

Milo tourna à gauche, franchit le pont de la Dodane et s'arrêta – à la demande de Kate – devant une petite maison violette à pans de bois.

— Jolie maison, reconnut Milo. Elle est toute mignonne, comme toi.

La jeune femme rougit de nouveau. Les deux amis se regardèrent dans les yeux avec intensité jusqu'à ce que Kate détourne le regard, confuse.

— J'ai l'intention de déménager dans les prochains mois. Quand ma situation financière sera meilleure !

— Tu restes sur Amiens j'espère ? lui demanda Milo avec précipitation.

— Bien sûr que je reste.

Avant qu'elle ne descende de la voiture, Kate remercia son chauffeur, l'embrassa sur la joue, lui souhaita une bonne nuit et lui souffla « À bientôt » avec le plus radieux des sourires.

***

3 h 05. Sandra n'arrivait pas à s'endormir, repensant aux paroles de la vieille dame dans son rêve. *Qu'est-ce qui est réel et fictionnel ? Et qu'est-ce qui pourrait disparaître ? Je dois trouver les réponses…* Mais elle pensa également à Alexie, partie depuis maintenant 4 jours. Elle se demandait si cette dernière pensait à elle malgré la distance qui les séparait. *J'espère que tu ne m'oublies pas… Parce que moi, je ne t'oublie pas.*

***

Les jours qui suivirent, Kate et Sandra se rendaient chez Milo tous les soirs pour jouer à divers jeux de société, dont *L'île interdite, Coup de feu, Villainous, 7 Wonders, Top ten (version normale et adulte), Meuthe, Jumanji et Unstable unicorns*. Ces soirées permirent à Sandra de se changer les idées, bien que le retour d'Alexie approchât à grands pas. Mais surtout, ces soirées permirent à Milo et Kate de se rapprocher. Les petits sourires complices de même que les regards échangés ne trompaient pas. *Au moins, mon histoire aura fait des heureux. C'est déjà ça.*

Chapitre 13
Ton retour, ta décision, notre avenir

Le 29 octobre 2021, à Paris. 9 h 08

Sur Paris, le temps était pluvieux. Le vent soufflait si fort que certains voyageurs avaient du mal à maintenir leur parapluie dans les mains.

Alexie et Pipper sortirent de l'aéroport Charles-De-Gaulle, traînant leur valise jusqu'au parking où était stationné leur véhicule. Elles étaient d'une humeur morose. Elles venaient de quitter une terre paradisiaque où prônaient le soleil, la mer turquoise et les plages de sable doré pour regagner un sol nuageux, froid et humide.

— Tu veux que je conduise ? demanda Pipper, bien qu'elle n'aimait pas la conduite de longue durée.

— Je veux bien, répondit Alexie, exténuée de son voyage.

Celle-ci tendit les clés à sa compagne, s'installa sur le siège passager et toutes les deux prirent la route en direction de *Mouflers*. Le trajet dura un peu plus de deux heures. Entre-temps, la pharmacienne avait pris soin d'envoyer quelques messages à Sandra. Chose qu'elle rêvait de faire depuis qu'elle avait posé les pieds en France.

Coucou, tu vas bien ?
On est sur la route. C'est Pipper qui conduit.
J'espère que tu as passé une bonne semaine (sans m'oublier).
Je t'embrasse fort.

Coucou. Ça va et toi ?
Super, je suis soulagée de le savoir !
J'ai hâte de te voir. Repose-toi bien.
Je te fais de gros bisous.

Moi aussi j'ai hâte de te voir. Tu m'as tellement manqué.
Je passerai demain soir pour te raconter et te montrer des photos.
Bisous.

Si seulement j'avais le pouvoir d'avancer le temps !
Tu serais déjà dans mes bras. Bisous.

La pharmacienne sourit à la lecture du dernier message.

— Tu écris à qui ? l'interrogea Pipper.

— Une collègue de travail. Elle est rassurée qu'on soit bien rentrées, mentit Alexie.

— Ah d'accord.

Alexie se sentait coupable. Au cours de leur voyage, elle n'avait pas passé une seule journée sans penser à Sandra tandis que Pipper avait tenté quelques approches. Lui parler de rupture allait être plus difficile que prévu. Mais elle en avait fait la promesse à Sandra, la femme pour qui ses sentiments grandissaient chaque jour. *Je vais lui parler demain. Je dois le faire. Pour elle, pour moi et pour Sandra. Je ne peux plus faire semblant…*

Chapitre 14
Ta décision, notre avenir

Le 30 octobre 2021

Le lendemain matin, Alexie se leva avec un mal de tête. *Sûrement le contrecoup du voyage,* pensa-t-elle en se préparant le petit-déj'.

7 h 42. Elle se précipita de finir son croissant, enfila un jean, son blazer gris, remplit la gamelle du chaton, prépara son sac à dos et quitta la maison pour se rendre à la pharmacie.

8 h 28. Sur place, une file de personnes s'étendait jusqu'à l'extérieur de la pharmacie. Ils étaient de plus en plus nombreux à apprécier l'hospitalité et la générosité de l'équipe. Alexie entra à l'arrière du magasin pour ne pas se mêler à la foule, enfila sa chemise professionnelle, salua ses collègues et alla à son comptoir pour servir ses patients.

12 h 32. Pendant sa pause, elle envoya un message à Sandra pour lui rappeler qu'elle passerait ce soir. Elle pensa également à appeler Pipper. *C'est maintenant ou jamais. Je dois lui dire qu'on ne peut plus continuer...* Mais elle prit peur. Peur à la fois de tout perdre et de tout recommencer. Cette dernière reposa son téléphone sur la table, quand, soudainement, elle imagina refaire sa vie avec Sandra. Alexie reprit alors son téléphone, prit son courage à deux mains, et appela sa compagne.

***

Au même moment, à la *Bijouterie Contois*, Sandra descendit les escaliers qui menaient à l'atelier. Elle se précipita vers Amazir – le bijoutier – pour lui demander de faire la mise à taille d'une alliance en or jaune.

— La dame se marie demain. Tu penses pouvoir la faire pour aujourd'hui ? demanda Sandra.

— Bien sûr, pas de problème, répondit son collègue avec son accent kabyle. Elle sera prête pour 17 h.

— Je te remercie Amazir, t'es génial !

Sandra appréciait particulièrement Amazir pour ses valeurs kabyles. À savoir le respect, la générosité, la compréhension et l'entraide. Par ailleurs, ce dernier lui contait souvent ses souvenirs de jeunesse, les conflits dans son pays, son expérience en tant que bijoutier en Algérie, sa passion pour les arts martiaux, etc. Ces échanges permettaient à Sandra de se nourrir de la culture berbère et d'en apprendre davantage sur son collègue étranger.

Après lui avoir remis l'alliance, elle remonta directement dans son bureau pour s'occuper des factures qui s'étaient accumulées durant sa semaine de congés. *Halalala ! Il y a au moins 100 factures sur mon bureau !* Elle tria celles à valider en priorité puis s'installa sur sa chaise pour les vérifier une à une avant d'inscrire sa signature et la date de validation.

18 h 30. Sandra était exténuée. Elle salua ses collègues de vente, quitta la bijouterie, et traversa le centre-ville à pied. Après vingt minutes de marche, celle-ci arriva enfin chez elle, posa son sac, retira son manteau, ses chaussures, puis s'effondra dans son lit.

***

Ce fil rouge… Je le vois moi aussi… Il est là… Virevoltant dans l'obscurité. Je m'en approche.

Il est là, tout près de moi, virevoltant maintenant dans la luminosité. Je m'en empare.

Il est là, entre mes mains, la lumière se faisant de plus en plus intense.

Sandra ouvrit légèrement les yeux. *J'ai dû m'endormir.* Elle se redressa et observa au loin l'heure qu'affichait sa box. *Dix-neuf heures cinquante –*

— Dix-neuf heures cinquante-cinq ! Alex sera là dans quinze minutes ! Comment ai-je pu dormir aussi longtemps ?

Prise de panique, la jeune femme se hâta vers la salle de bain pour se regarder dans le miroir. *J'ai vraiment une sale mine !* Elle se recoiffa puis se mit du crayon noir sous les yeux pour paraître moins négligeable. *Ça devrait aller.* Elle se vêtit ensuite de son long manteau couleur crème, sortit de son logement et attendit patiemment l'arrivée d'Alexie en dehors de la résidence. La lune en forme de croissant se détachait des lourds nuages gris. L'air était frais, la rue déserte. *Il n'y a pas l'ombre d'un chat ce soir. C'est limite flippant.*

À 20 h 15, la pharmacienne arriva, stationnant son hybride sur une place miraculeusement libre à quelques mètres du bâtiment. Cette dernière sortit de son véhicule et se dirigea immédiatement vers Sandra, un sourire aux lèvres. Toutefois, ce sourire n'était pas celui qu'elle affichait habituellement. C'était un sourire préoccupé.

— Si tu savais à quel point tu m'as manquée, dit-elle en la serrant dans ses bras.

— Toi aussi Alex. *Ça fait du bien de te retrouver.* Comment se sont passées tes vacances sur l'île ?

— Très bien, merci.

Alexie lui fit part de ses balades nocturnes sur la plage, de ses plongées sous-marines, de sa rencontre avec les tortues de mer, de ses excursions, de sa visite dans la grotte d'Harrison ainsi que de sa contemplation journalière du coucher du soleil.

— C'est super ! s'exclama Sandra. Je suis contente que tu aies pu profiter. Tu en avais besoin. *Seulement… J'aurais voulu partager ça avec toi…*

— Oui, ça m'a fait beaucoup de bien. Mais je pensais à toi tous les jours, tu sais… *Je dois lui dire… Mais je vais faire une énorme bêtise… Je le sais…*

Sandra regarda son amie dans les yeux, décelant une certaine forme d'inquiétude dans son regard. Avant qu'elle ne puisse l'interroger, Alexie l'invita à s'asseoir sur le bord du trottoir, fit de même, puis se décida à parler.

— Tout à l'heure, j'ai appelé Pipper. C'était pour qu'on puisse parler de notre couple. J'ai sous-entendu que ça ne marchait plus, que je voulais rompre avec elle. Sauf que… Sauf qu'elle s'est mise à pleurer… Elle m'a promis de faire tous les efforts du monde pour consolider notre couple. Je t'avoue que ça m'a fait bizarre, car Pipper n'a jamais pleuré depuis qu'on est ensemble… Je n'avais pas la force de rompre avec elle à ce moment-là. Tu sais, reprit-elle, il ne se passe pas une journée sans que tu ne sois dans mes pensées Sandra. J'ai beaucoup plus de sentiments pour toi que pour Pipper. C'est un fait. Et pourtant… La peur prend le dessus. J'ai peur du changement, de lui faire du mal et surtout, j'ai peur de tout recommencer avec toi. Je n'ai ni la force ni le courage de tout abandonner… *Je suis tellement faible ! Je suis en train de faire la plus grosse erreur de ma vie…*

Alexie marqua un temps de pause puis détourna le regard avant d'annoncer à Sandra qu'elle avait décidé de rester avec sa petite amie.

— D'accord… répondit simplement Sandra.

— Je suis vraiment désolé. J'espère que tu me pardonneras et que tu me laisseras toujours une place dans ta vie… J*e ne veux pas te faire de mal, et pourtant, c'est ce que je suis en train de faire.* Sache que tu représentes beaucoup pour moi. Bien plus que tu ne le penses. Je ne peux pas faire une croix sur toi, c'est impossible. J'aimerais que l'on continue de se voir et de se parler comme avant, si tu le veux bien. Je ne veux pas qu'on s'éloigne… *Je fais une énorme bêtise, j'en ai conscience. C'est avec elle que je voudrais être. Pourquoi ai-je si peur du recommencement ? Pourquoi ?*

Sandra, à bout de nerfs, ne put retenir ses larmes plus longtemps. Elle tourna la tête pour que son amie ne culpabilise pas en la voyant dans cet état. Elle avait honte. Honte de laisser place à la tristesse, honte d'avoir espéré durant des mois, honte d'avoir tout simplement cru en leur relation.

— Il va falloir que je rentre… Dit-elle d'une voix peinée.

— Attends ! hurla Alexie qui lui prit la main pour la retenir. S'il te plaît ! Ne pars pas ! Ne me laisse pas comme ça sans réponse…

Sandra éclata en sanglots.

— Tu veux que je te réponde quoi ? Je t'aime tellement… Tu ne peux pas imaginer ce que ça me fait d'entendre tout ça… J'ai tout fait… Je t'ai attendu… Durant des mois j'ai espéré… Tout ça pour quoi ? Pour rien… Tu m'as tout pris…

La culpabilité s'empara de la jeune pharmacienne qui prit conscience qu'elle avait profondément blessé celle qu'elle aimait. *Je suis impardonnable…*

— Écoutes, je –

— Non, l'interrompit Sandra. J'ai compris. Tu as peur de bouleverser ton quotidien. Je te laisse…

— *Non… N'abandonne pas aussi facilement, je t'en supplie. J'ai besoin que tu me tires vers toi malgré ma décision. Bats-toi pour moi, fais-moi changer d'avis, donne-moi le courage de tout quitter pour nous.*

Sandra – toujours en sanglots – se laissa envahir par la douleur et la déception. Elle n'avait plus la force de se battre. Elle était aussi désespérée qu'un soldat déposant les armes au cœur d'une bataille perdue d'avance. Alors, dans un dernier élan de courage, elle s'avança vers Alexie pour l'embrasser sur la joue, la remercia, recula de trois pas, lui sourit et lui murmura « Je te souhaite d'être heureuse avec elle. Mais maintenant, oublie-moi », avant de regagner sa résidence.

Alexie essaya de la retenir en vain, n'ayant eu d'autres choix que de la laisser partir et de reprendre la route pour rentrer chez elle.

Durant tout le trajet, la pharmacienne ressentit de la frustration et de la colère envers elle-même, au point de ne plus prêter attention à la route. *J'avais pourtant pris la décision de quitter Pipper. J'étais prête à le faire !* Elle roula à vive allure sur un chemin de terre sinueux. Aucune habitation, aucune voiture à proximité, aucun éclairage. Seuls quelques arbres alignés se dressaient sur le bord de chaque côté de la route, renforçant un sentiment d'insécurité. *Mais cet appel m'a bouleversée... Entendre Pipper pleurer... Me supplier de lui laisser une seconde chance... Je ne pouvais pas... Non ! C'est une excuse qui m'arrangeait ! J'ai choisi la facilité ! Je n'ai pas écouté mon cœur, mais ma peur ! Et finalement, je blesse Sandra ! Je suis vraiment qu'une idiote... Bonne qu'à faire du mal à la personne que j'aime !* Elle excéda les 110 km/h quand elle aperçut une lumière blanche au loin. Cette lumière se rapprochait de plus en plus vite jusqu'à l'aveugler, et en un instant, la plonger dans l'obscurité.

Chapitre 15
Un lien brisé

Le 31 octobre 2021, à Amiens

8 h 20. Sandra se réveilla avec les yeux gonflés et les cernes prononcés, signes apparents qu'elle n'avait pratiquement pas dormi de la nuit. Son premier réflexe fut de prendre son portable pour regarder si Alexie ne lui avait pas laissé de messages. Aucun message. Toutefois, un numéro inconnu avait essayé de la joindre huit fois depuis 5 heures du matin. *À qui appartient ce numéro ? Je vais le rappeler,* songea-t-elle, inquiète. Sandra joignit le geste à la parole et appela le numéro inconnu. La sonnerie retentit deux fois. Une femme répondit.

— Allô, c'est bien Sandra ?

— Oui, c'est bien moi. C'est qui ?

— Je suis Alyssa, la… la collègue d'Alexie. Je… Je voulais t'annoncer que…

Sandra sentit sa gorge se nouer. Une forte douleur dans la poitrine se faisait ressentir.

— Alexie a eu un accident de voiture hier soir, reprit Alyssa d'une voix attristée. Elle… Elle ne s'en est pas sortie… Je suis désolé…

— *… Non… Ce n'est pas… Possible…*

En un instant, toute sa vie s'effondra. Elle fut soudainement prise de vertiges, de bourdonnements et de nausées. *Alex… Ne peut pas être morte… C'est impossible…* Elle raccrocha de sa main tremblante, se dirigea vers son lit, s'allongea, se recroquevilla, et fondit en larmes.

Je l'ai perdue, définitivement perdue... Ces larmes représentaient à la fois la tristesse, l'incompréhension, le désespoir et les regrets qui la rongeaient. *J'aurais dû lui dire à quel point je tenais à elle... J'aurais dû lui dire à quel point je l'aimais... Au lieu de ça, je l'ai fait culpabiliser. J'aurais dû la rassurer... La retenir... C'est moi qui aurais dû mourir... Pas elle...*

Sandra resta chez elle toute la matinée à pleurer la mort d'Alexie. Toute volonté l'avait quittée. Elle n'imaginait pas une vie sans la femme qu'elle aimait à ses côtés.

13 h 25. N'ayant pas eu la force de se rendre sur son lieu de travail aujourd'hui, Sandra se rendit au centre-ville pour éviter de sombrer, bien que le désespoir la rattrapât. *Je n'ai plus aucune raison de vivre.* Elle longea la rue des 3 cailloux où les sourires des personnes qu'elle croisait la rebutaient. Elle décida alors de se rendre au square Jules Bocquet, l'endroit où elle s'était rendue avec Alexie le jour de leurs retrouvailles. *Ici, je ne verrais plus tous ces sourires niais.* Au loin, elle aperçut le banc sur lequel les deux femmes s'étaient assises ce jour-là. Elle emprunta l'allée en observant les alentours. Il n'y avait personne. Seul un groupe de pigeons se disputait un morceau de pain autour de la fontaine. Elle contourna alors les volatiles, s'installa sur ce banc et leva la tête pour contempler le ciel blanc de ses yeux noisette. *J'ai tellement mal... Tellement mal de savoir que je ne te reverrai plus jamais...* Des larmes coulèrent de nouveau sur son visage. *Je t'aimais tellement Alex...*

— Tu comptes t'apitoyer sur ton sort ? s'écria l'octogénaire, assise sur le bord de la fontaine.

Surprise, Sandra baissa la tête, portant dorénavant son regard sur la vieille dame.

— Vous ? Qu'est-ce que vous faites là ? lança Sandra d'un air insolent.

— Et toi ? Que fais-tu ici ? Ce n'est pas le moment de ruminer.

— Vous n'avez aucune idée de ce que je vis ! s'emporta la jeune femme. Alors, fichez le camp d'ici !

— Je suis votre guide. Même si je le voulais, je ne peux pas partir. Je suis ici pour que tu puisses la retrouver.

— Notre guide ? La retrouver ? De quoi parlez-vous ? Vous vous moquez de moi, c'est ça ?

Sandra n'avait pas pour habitude de parler aussi froidement, ni même de manquer de respect aux personnes âgées. Alors elle s'excusa, prenant conscience qu'elle s'était mal comportée envers son aînée.

— Je suis désolé… Dit-elle.

— Tu es pleine de regrets et de remords, ma fille. Tu penses qu'elle a eu cet accident à cause de toi ?

— *… ? Comment est-elle au courant ?*

— Il n'est pas trop tard. Tu as préservé ce fil qui vous lie, elle et toi. Sers-t'en. Ce lien est entre tes mains dorénavant.

— Mais de quoi parlez-vous ? Alexie est… Morte… Il n'y a plus de lien qui tienne, affirma désespérément Sandra avant qu'elle ne se remette à pleurer. *Je veux la revoir. Revoir son sourire et son visage. Je pourrais échanger ma vie contre la sienne s'il le fallait…*

— Tu n'as pas besoin d'en arriver là ! rétorqua la vieille dame qui sembla lire dans ses pensées. Ce que tu as dans ta poche suffira. Tu peux lui sauver la vie. Trouve seulement les bons mots.

Suite à ces dernières paroles, l'Asiatique disparut de son champ de vision. Sandra ne comprenait pas. Comment pouvait-elle sauver Alexie alors qu'elle n'était plus de ce monde ? Elle sortit désespérément le fil rouge qu'elle gardait journellement dans sa poche, imaginant revoir son amie en vie. Aussitôt, l'image du square devint floue jusqu'à se dissiper et disparaître dans l'obscurité.

Chapitre 16
Notre lien est entre mes mains

Sandra se réveilla en sursaut, de chaudes larmes coulant encore sur ses deux joues rosées. Tout ce qu'elle pensait avoir vécu n'était qu'un malheureux cauchemar, une fois de plus. Sa discussion avec Alexie, l'accident de voiture, l'appel d'Alyssa, sa rencontre avec la vieille dame au square. Rien de tout cela n'était vrai. *Quel soulagement ! Ce n'était qu'un mauvais rêve,* songea-t-elle. Cependant, ne sachant pas comment l'expliquer, elle sentit que ce cauchemar avait sa part de réalité. Ce rêve était-il un rêve prémonitoire ? La vieille dame est-elle réellement « leur guide » ? De nombreuses questions restaient encore sans réponse.

Soulagée, elle se redressa et observa au loin l'heure qu'affichait sa box. *Dix-neuf heures cinquante...*

— Dix-neuf heures cinquante-cinq ! Alex' sera là dans quinze minutes ! Comment ai-je pu dormir aussi longtemps ?

Prise de panique, la jeune femme se hâta vers la salle de bain pour se regarder dans le miroir. *J'ai vraiment une sale mine !* Elle se recoiffa puis se mit du crayon noir sous les yeux pour paraître moins négligeable. *Ça devrait aller*. Elle se vêtit ensuite de son long manteau couleur crème, sortit de son logement et attendit patiemment l'arrivée d'Alexie en dehors de la résidence. La lune en forme de croissant se détachait des lourds nuages gris. L'air était frais, la rue déserte. *Il n'y a pas l'ombre d'un chat ce soir. C'est limite flippant.*

À 20 h 15, la pharmacienne arriva, stationnant son hybride sur une place miraculeusement libre à quelques mètres du bâtiment. Cette dernière sortit de son véhicule et se dirigea immédiatement vers Sandra, un sourire aux lèvres. Toutefois, ce sourire n'était pas celui qu'elle affichait habituellement. C'était un sourire préoccupé.

— Si tu savais à quel point tu m'as manquée, dit-elle en la serrant dans ses bras.

— Toi aussi Alex. *Ça fait du bien de te retrouver.* Comment se sont passées tes vacances sur l'île ?

— Très bien, merci.

Alexie lui fit part de ses balades nocturnes sur la plage, de ses plongées sous-marines, de sa rencontre avec les tortues de mer, de ses excursions, de sa visite dans la grotte d'Harrison ainsi que de sa contemplation journalière du coucher du soleil.

— C'est super ! s'exclama Sandra. Je suis contente que tu aies pu profiter. Tu en avais besoin. *Seulement... J'aurais voulu partager ça avec toi...*

— Oui, ça m'a fait beaucoup de bien. Mais je pensais à toi tous les jours, tu sais... *Je dois lui dire... Mais je vais faire une énorme bêtise... Je le sais...*

Sandra regarda son amie dans les yeux, décelant une certaine forme d'inquiétude dans son regard. Avant qu'elle ne puisse l'interroger, Alexie l'invita à s'asseoir sur le bord du trottoir, fit de même, puis se décida à parler.

— Tout à l'heure, j'ai appelé Pipper. C'était pour qu'on puisse parler de notre couple. J'ai sous-entendu que ça ne marchait plus, que je voulais rompre avec elle. Sauf que... Sauf qu'elle s'est mise à pleurer... Elle m'a promis de faire tous les efforts du monde pour consolider notre couple. Je t'avoue que ça m'a fait bizarre, car Pipper n'a jamais pleuré depuis qu'on est ensemble... Je n'avais pas la force de rompre avec elle à ce moment-là. Tu sais, reprit-elle, il ne se passe pas une journée sans que tu ne sois dans mes pensées Sandra. J'ai beaucoup plus de sentiments pour toi que pour Pipper. C'est un fait. Et pourtant... La peur prend le dessus. J'ai peur du changement, de lui faire du mal et surtout, j'ai peur de tout recommencer avec toi. Je n'ai ni la force ni le courage de tout abandonner… *Je suis tellement faible ! Je suis en train de faire la plus grosse erreur de ma vie…*

Alexie marqua un temps de pause puis détourna le regard avant d'annoncer à Sandra qu'elle avait décidé de rester avec sa petite amie.

— *Tout se passe exactement comme dans mon cauchemar…* songea Sandra quand elle se rappela les mots de la vieille dame au square : « Tu peux lui sauver la vie. Trouve seulement les bons mots ». Ces paroles résonnèrent dans sa tête. Elle comprit alors ce qu'elle devait faire.

— Sandra ? Tout va bien ? Tu n'as rien à dire ? L'interrogea Alexie d'une voix emplie de culpabilité.

— Je t'attendrai.

— Quoi ?

— Tu as peur de tout quitter après 3 ans de relation… C'est sûrement pour ça que tu as pris cette décision. Mais tes sentiments sont aussi sincères que les miens, je le sais. Si un jour tu trouves la force de tout recommencer, sache que je serais là. Je t'attendrai.

— Je ne peux pas te demander de m'attendre ! Ce serait égoïste de ma part… *Même si c'est tout ce que je souhaite. Que tu m'attendes. Je n'ai pas envie que tu fasses ta vie avec une autre femme…*

— Nous sommes faites l'une pour l'autre, précisa Sandra le sourire aux lèvres. Tu me l'as écrit il y a quelques jours. Si ce n'est pas aujourd'hui ou demain, ce sera dans quelques mois, qui sait ?

Ces mots touchèrent profondément Alexie qui ne put s'empêcher d'enlacer son amie avant de repartir. *Je suis si soulagée… Tu as trouvé les mots justes. Je sais qu'on se retrouvera. Il me faut juste un peu de temps. C'est toi que j'aime.*

— Fais attention à la route surtout. Ne roule pas trop vite sur les chemins un peu sombres. Et si tu vois une lumière blanche, braque immédiatement, l'avertit Sandra d'un air inquiet.

— Heu… Oui oui, ne t'inquiète pas.

— Justement, je m'inquiète. *Je n'ai pas envie de te perdre. Pas une deuxième fois…*

Durant le trajet du retour, Alexie repensa à la conversation qu'elle venait d'avoir avec Sandra. Elle se sentait à la fois soulagée et apaisée. *Je reviendrais te chercher, c'est promis. Quand ? Je ne sais pas encore. Mais c'est avec toi que je veux faire ma vie.* Elle respecta les limitations de vitesse et ralentit lorsqu'elle arriva sur le long et sinueux chemin de terre. C'est alors qu'elle aperçut une lumière blanche se rapprocher à grande vitesse. Elle eut tout juste le temps de braquer son volant à gauche, évitant l'accident de justesse.

— Il est malade ! Il était en plein milieu de la chaussée ! hurla-t-elle en prenant conscience qu'elle aurait pu y laisser sa vie cette nuit.

***

Suite à cet évènement, Alexie resta en couple avec Pipper, mais n'entreprit aucun projet d'avenir avec elle. Quant à Sandra, elle préféra refaire sa vie dans une autre région pour oublier sa douleur. Elle démissionna alors de la bijouterie pour travailler aux *Galeries Lafayette* à Bordeaux en tant que responsable administrative. Elle aurait souhaité garder – pour seul souvenir – le fil rouge que lui avait confié son amie, mais il avait disparu le soir où elles s'étaient vues pour la dernière fois.

Menant leur vie chacune de leur côté, Alexie et Sandra perdirent contact, mais pensaient tous les jours l'une à l'autre, gardant espoir qu'elles se retrouveraient un jour.

Chapitre 17
C'est aujourd'hui que tout recommence

5 ans plus tard. Le 4 août 2026, à Amiens. 14 h 20

La ville était animée par les nombreux défilés de rue. Des musiciens jouaient de leur instrument sur la place Gambetta tandis que divers spectacles avaient lieu dans la rue des 3 Cailloux. Des groupes se formèrent autour de chaque évènement, privant les passants dépourvus d'intérêt de circuler.

— Oh regard' Papa ! Gaçon saute haut !

— Oui fiston, le garçon saute très haut. Il fait un double salto arrière.

— Ato ayère ! Ato ayère ! s'écria le jeune enfant de 3 ans, assis sur les épaules de son père pour pouvoir observer les acrobates.

— Oui mon chéri. Salto arrière. Papa sait aussi en faire.

— Arrête de lui mentir Milo, je parie que tu ne sais même pas faire de salto avant, dit Sandra sur le ton de l'humour.

— Il ne sait même pas faire de galipettes avant. Alors, ne parlons pas de salto, renchérit Kate.

— Hey ! Je vous entends toutes les deux ! rétorqua le jeune homme qui se tourna vers les deux concernées. Ne me dénigrez pas devant mon fils ! Vilaines !

— Nous adorons t'embêter, mon chéri, tu le sais bien, dit Kate d'un air amusé tout en s'avançant vers son mari pour l'embrasser.

— Toujours aussi susceptible, le p'tit Milo.

— N'en rajoute pas, Madame la romancière.

— Je m'en doutais que tu allais me charrier là-dessus. Je n'ai écrit qu'un roman et il n'a pas fait un succès. Alors, appelle-moi plutôt « Madame la responsable », s'exprima-t-elle fièrement.

En effet, Sandra avait sorti un roman inspiré de son ancienne relation avec Alexie. Malheureusement, son livre n'avait pas fait un succès. Mais peu lui importait. Elle ressentait seulement le besoin d'écrire et de partager son histoire pour extérioriser sa douleur. Une douleur qui se traduisait par l'absence de son grand amour.

Aujourd'hui, elle s'était déplacée à Amiens pour pouvoir partager une journée avec ses meilleurs amis et leur enfant Marc. Tous les quatre assistèrent donc aux évènements de la journée, dansant sur de la cornemuse, plaisantant sur les spectacles de marionnettes, assistant au défilé dans lequel les comédiens portaient des costumes du 13e siècle.

17 h. La foule grandissait et Sandra perdit la petite famille de vue. La circulation se faisant de plus en plus difficile, elle slaloma entre les personnes situées devant elle jusqu'à ce qu'elle bouscule une femme par mégarde.

— Excusez-moi, je n'ai pas fait attention ! s'empressa-t-elle de dire avant de se retourner vers la personne concernée.

Sandra n'en croyait pas ses yeux. La femme qui se tenait face à elle n'était autre qu'Alexie. Elles se regardèrent longuement en silence au milieu de la chaussée. Le bruit se dissipa tandis que la foule s'effaça. Leur cœur battait si fort, leurs yeux brillaient de mille éclats.

— Bonjour Sandra.

— Bonjour Alex.

***

Le fil a résisté aux tempêtes qui menaçaient de rompre le lien qui nous unissait. Aujourd'hui, les deux bouts se rejoignent pour défaire les nœuds du passé. Aujourd'hui, l'unmei no akai ito scelle à jamais mon futur à tes côtés.

Imprimé en Allemagne
Achevé d'imprimer en novembre 2023
Dépôt légal : novembre 2023

Pour

Le Lys Bleu Éditions
40, rue du Louvre
75001 Paris

www.ingramcontent.com/pod-product-compliance
Lightning Source LLC
Chambersburg PA
CBHW062345010826
49168CB00024B/264

* 9 7 9 1 0 4 2 2 1 4 9 1 3 *